Strahlende Zukunft

Dieses Buch ist ein Roman. Handlungen und Personen sind frei erfunden. Ähnlichkeiten mit lebenden oder toten Personen sind rein zufällig.

tatort

Strahlende Zukunft

von Christoph Ernst nach einem Drehbuch von Christian Jeltsch

emons:

Mix
Produktgruppe aus vorbildlich bewirtschafteten Wäldern und anderen kontrollierten Herkünften
www.fsc.org Zert.-Nr. GFA-COC-001223
© 1996 Forest Stewardship Council
FSC

Agentur: WDR mediagroup licensing GmbH
Begleitbuch zur gleichnamigen ARD-Serie »Tatort«
ARD-Tatort-Koordinator: Prof. Gebhard Henke, Leiter des WDR-Programmbereiches Fernsehfilm, Kino und Serie
Tatort-Drehbuchautor: Christian Jeltsch
Umschlagfoto: Jörg Landsberg
Umschlaggestaltung: Weusthoff-Noël, Hamburg (www.wnkd.de)
Druck und Bindung: CPI – Clausen & Bosse, Leck
Printed in Germany 2009
ISBN 978-3-89705-666-4

Wir bedanken uns bei der Redaktion von Radio Bremen für die freundliche Unterstützung.

Die Titelabbildung zeigt Sabine Postel als Hauptkommissarin Inga Lürsen und Oliver Mommsen als Kommissar Stedefreund

PROLOG

Sie hatte die Vorhänge fest zugezogen, als ob grelles Licht ihr Schmerzen bereite. Der Raum war in diffuses Halbdunkel getaucht, aber es war keine sanfte Dunkelheit, sondern ein schwerer, düsterer Schleier.

»Wenn du das hier siehst, Daniel, dann bin ich tot. Bei der Kleinen bin ich dann. Bei meiner Kleinen.«

Ihr Blick war auf die Linse der Videokamera gerichtet wie auf einen magischen Gegenstand. Der Kamera vertraute sie alles an. Damit filmte sie sich, wenn ihre Haut verbrannt war. Damit hatte sie den mysteriösen Nachbarn gestellt, der eigenartige technische Geräte in seiner Wohnung stehen hatte und sie bestrahlte. Damit hielt sie fest, was mit ihr und um sie herum geschah. Die Kamera widersprach ihr nicht, sie lachte sie nicht aus, sie verurteilte sie nicht, und sie wies sie nicht in die Psychiatrie ein. Sie dokumentierte bloß. Sie führte Buch, und die kleinen schwarzen Kassetten, die sie ausspuckte, waren für sie Zeugnis und Vermächtnis in einem. Ihre Art Flaschenpost.

Zu »Message in a Bottle« hatte sie damals mit Luis getanzt in der Nacht, in der sie Daniel zeugten. Daniel war ein echtes Kind der Liebe, so wie Jessie, und Sting war sein akustischer Pate. Es passte, dass sie nun hier saß und ihm diese Flaschenpost sandte.

Doch Luis war ihr entsetzlich fremd geworden seit Jessies Tod. Und ihre Liebe zu ihm zerbrochen.

Er beschwor sie, sich endlich mit dem Verlust der Kleinen abzufinden. Krebs käme eben vor. Auch bei Kindern.

Luis hatte sich arrangiert, so wie all die anderen. Und er hatte das Geld genommen.

Dieses Geld zu nehmen war für sie weit schlimmer gewesen, als wenn er ihr bloß gesagt hätte, sie solle sich endlich abfinden. Es war, als ob er Jessie im Nachhinein verkauft, als ob er ihre gemeinsamen zwölf Jahre Lachen, Liebe und Leiden ein zweites Mal fortgeworfen hätte.

Denn Jessie war nicht einfach so gestorben. Sie war getötet worden, und ihr Tod schrie nach Aufklärung.

Er hatte ihr gesagt, sie müsse anfangen zu trauern. Aber wie sollte sie trauern, wenn die Mörder ihres Kindes nicht zur Rechenschaft gezogen wurden, wenn sie weitermorden durften, mehr Kinder krank machten und niemand ihnen Einhalt gebot?

Wer trauern will, muss vorher seinen Frieden mit dem Tod machen. Mit Jessies Tod konnte sie keinen Frieden machen, weil er ungesühnt blieb. Das verstand Luis nicht, und er würde es nie verstehen.

Aber vielleicht verstand Daniel das. Vielleicht verstand er auch, dass das, was sie nun tat, wirklich der letzte Ausweg für sie war. Dass es alles war, was sie noch tun konnte. Für sich. Und für Jessica. Und auf bestimmte Weise auch für ihn.

Sie hatte keine Kraft mehr, zu kämpfen. Sie war so müde. Doch sie durfte nicht in Frieden gehen.

Nein, sie glaubte nicht mehr, dass es jemanden aufrüttelte. Hätte sie diese Hoffnung noch gehabt, säße sie nicht hier. Sie hatte alles getan, was in ihrer Macht stand. Immer wieder. Es hatte nicht gereicht.

Ein leises Stöhnen drang aus ihrer Kehle. Ihre Stimme glitt weg.

»Es hat sich nicht gelohnt zu kämpfen. Nicht gelohnt.«

Sie räusperte sich. »Verrückt, sagen die. Ich bin verrückt. Und alle glauben das. Alle!«

Ein verzweifeltes Lächeln verzerrte ihre Züge. Sie schloss die Augen, als versuche sie das, was ihr da durch den Kopf schoss, abzuschütteln. Dann zog sie ruckartig die Schultern zurück und fixierte wieder die Kamera. Sie richtete sich auf. Ihre Miene wurde straff.

»Aber das stimmt nicht. Ich bin nicht verrückt. Ich weiß, was ich tue.«

EINS

Inga Lürsen hatte keine Lust auf die Verabredung. Der Tag war anstrengend genug gewesen, und Sandra Vegeners Wunsch, sie am Markt zu treffen, belastete sie. Gott sei Dank hatte sie einen Parkplatz bekommen. Das war im Zentrum immer eine Quälerei.

Warum sie der Verabredung zugestimmt hatte, wusste sie selbst nicht so recht. Vielleicht weil sie auch Mutter war und Sandra Vegener ihr leidtat.

Letzten Sommer hatte Sandra sie um Hilfe gebeten. Sie war in ihr Büro gestürmt und hatte abenteuerliche Vorwürfe gegen den Mobilfunkanbieter 2wave erhoben. Seit sie die Kampagne gegen Handymasten organisiere, werde sie verfolgt. Man versuche, sie mit Strahlen krank zu machen. So wie ihre kleine Tochter Jessica. Jessica war an Leukämie gestorben. Sandra Vegener machte dafür den Elektrosmog der Mobilfunkanbieter verantwortlich, deren erfolgreichster Vertreter in Bremen 2wave hieß. 2wave sei schuld an Jessicas Tod.

»Deren Handymasten sind überall. Es ist wie die Pest. Unser Dach ist voll von dem Zeug. Niemand schützt uns davor. Die Behörden stellen sich taub, und für die Politiker zählen nur die Arbeitsplätze und das Geld!«

Sandra Vegener hatte auf Inga überdreht gewirkt. Hysterisch. Sie hatte sie genervt. »Wenden Sie sich an die Staatsanwaltschaft«, hatte sie ihr gesagt. »Die Mordkommission ist dafür nicht zuständig.«

Doch was anschließend passiert war, hatte sie nicht beabsichtigt. Es war tragisch gewesen. Denn Staatsanwalt Reinhardt hatte Sandra Vegener postwendend zu Professor Humberth geschickt, einem psychologischen Gutachter, den er persönlich kannte und der weit über Bremen hinaus einen hervorragenden Ruf genoss. Humberth hatte bei Sandra Vegener eine schizoide Störung diagnostiziert und dringend empfohlen, sie stationär zu behandeln, woraufhin sie per Gerichtsbeschluss in eine Klinik eingewiesen worden war. Erst kürzlich, nach mehreren Monaten, hatte man sie wieder entlassen.

Nun wollte Sandra Vegener sie treffen. Sie hatte ihr nicht verraten, worum es ging, aber es hatte dringend geklungen, und Inga verspürte ihr gegenüber ein schlechtes Gewissen. Sandra war ihr damals zwar ziemlich auf die Nerven gegangen, doch für so irre, dass man sie deswegen gleich zwangseinweisen musste, hatte sie sie nie gehalten.

Inga stand fröstelnd auf dem Markt und wartete. Das norddeutsche Novemberwetter tauchte die Stadt in Grau, es war zugig und kalt. Menschen hasteten an ihr vorbei, und ihr fiel auf, wie viele von ihnen im Gehen telefonierten. Einige hielten sich nicht mehr das Handy ans Ohr, sondern waren mit ihrem Headset verkabelt, sodass sie wie wirr murmelnde Autisten wirkten.

Befremdlich, welche Formen das inzwischen annahm. Der Segen der ständigen Erreichbarkeit war längst zum Fluch geworden. Die virtuelle Realität platzte in die reale Wirklichkeit, riss die Menschen aus dem, was sie gerade erlebten, und zerstückelte ihre Gegenwart. Niemand war mehr wirklich ganz dort, wo er sich gerade aufhielt, und niemand musste sich mehr in Gänze auf sein Hier und Jetzt einlassen.

Auch eine Art, dem Dasein zu entfliehen, dachte sie.

Gerade als sie anfing, sich darüber zu ärgern, dass Sandra Vegener sie herbestellt hatte und nun nicht erschien, klingelte ihr eigenes Handy.

»Frau Vegener? Wo sind Sie denn? Sie wollten mich doch hier treffen.«

»Nein«, sagte Sandra Vegener. »Ich wollte, dass Sie mitbekommen, wie *ich* hier jemanden treffe.«

Inga blickte sich ratlos um. Eine Straßenbahn hielt rumpelnd hinter ihr. Sandra Vegener musste hier irgendwo stecken. Irgendwo zwischen all den Menschen, die geschäftig hin und her liefen, flanierten, telefonierten, schwatzten. Nur wo? Was sollte das? Ihr war kalt. Sie fühlte sich gefoppt. Wozu hatte die Frau sie überhaupt herbestellt? Als sie sich umschaute, streifte ihr Blick für eine halbe Sekunde das Gesicht eines hageren Mannes, blieb kurz an ihm kleben, wanderte weiter. Der Mann spielte mit seiner Zigarette und drehte sich weg.

Sandra Vegener stand keine fünfzig Meter von Inga Lürsen entfernt an einer Telefonsäule und beobachtete sie. Sie unterbrach die Verbindung, dann wandte sie sich um, ging mit raschen Schritten zu einem mächtigen schwarzen Jeep, der wenige Meter entfernt geparkt war, und stieg ein. Am Rückspiegel baumelte noch der Flyer der Autovermietung, der »Special-Off-Road-Fun« versprach. Sandra riss ihn ab und warf ihn auf die Mittelkonsole.

Ihr Blick streifte ihr eigenes Abbild. Ihr Gesicht mit den schmalen feinen Zügen und den hohen Wangenknochen sah müde aus. Müde, erschöpft und angespannt.

Ihre Augen schwammen, als sie die Kassette aus der Videokamera nahm und oberhalb des Armaturenbretts auf die Ablage schob. »Für Daniel«, stand darauf. Die Flaschenpost an ihren Sohn.

Dann griff sie nach dem Foto. Sie und Jessie, kurz vor ihrem Tod. Jessie trug Pyjama und hatte keine Haare. Sie lächelte, schon vom Tod gezeichnet, aber noch wunderbar präsent. Die Finger ihrer Rechten umkrampften das Bild. Jessica. Ihre geliebte Jessie.

»Für dich, meine Kleine …«

Sie küsste das Bild. Schmerz verkrampfte ihren Mund. Zornig würgte sie die aufsteigenden Tränen hinunter, legte das Foto auf die Konsole und prüfte die Zeit. Ihre Armbanduhr ging ein wenig vor. Dann sah sie entschlossen auf den Eingang der Bremischen Bürgerschaft.

Der hässliche Backsteinbau mit der hohen Glasfassade und dem markanten, in Zickzacklinien verlaufenden Flachdach diente derzeit Teilen der Justiz als Ausweichquartier. Das Gebäude in der Ostertorstraße gegenüber dem alten Justizpalast wurde gerade renoviert, und die Volksvertreter hatten sich dank der angespannten Haushaltslage und der räumlichen Nähe dazu herabgelassen, der Staatsanwaltschaft hier vorübergehend Unterschlupf zu gewähren.

Eben trat Richter Weller durch die Glastür, das Handy am Ohr. Er sprach mit seinem Sohn Tommy. Tommy war sechs und wünschte sich einen Hund.

»Nein, mein Schatz«, erklärte Weller in der leicht gehetzten Tonlage gestresster Väter, die ihre Sprösslinge zu selten sahen und sich deren Wünschen daher nicht gut widersetzen konnten. »Ich hatte nur gesagt, ich werde mit Mama darüber *nachdenken* … Lass uns reden, wenn ich zu Hause bin.«

Er checkte seine Uhr. Die Assessorin von Dr. Beck zog an ihm vorbei. Eine kurzhaarige Brünette mit Schmolllippen, die ihn vielversprechend anlächelte.

»Ja«, stöhnte er entnervt. »Ich treffe hier noch kurz jemanden, und dann komm ich nach Hause. Ja. Versprochen.«

Sandra hatte mit zittrigen Fingern den Motor angelassen. Den Gurt sparte sie sich. Sie löste die Arretierung der Automatik und legte den Gang ein.

Vielleicht war es das Aufheulen des Sechszylinders, das in die Stadtgeräusche und das leere Stimmgeplätscher schnitt. Vielleicht war es auch Intuition. Inga fuhr herum. Ein schwarzer Geländewagen kam über den Platz geschossen und raste auf die Treppe vor der Bürgerschaft zu. Dort stand ein einzelner Mann. Sie erkannte ihn, und in derselben Sekunde begriff sie, wieso Sandra Vegener sie herbestellt hatte. Die Kühlerhaube traf Weller mit voller Wucht. Der Aufprall ließ ihn wie eine groteske Puppe durch die Luft wirbeln, bevor sein Körper mit einem garstigen Schmatzen aufs Pflaster klatschte. Wellers Handy schlitterte noch ein paar Meter weiter. Der Jeep blieb kurz vor der Treppe zum Gebäude stehen. Einen Moment lang schien alles zu erstarren. Entsetzte, ungläubige Gesichter. Auch der Hagere schien erstaunt.

Sandra saß hinter dem Steuer und starrte ins Leere. Dann wanderte ihr Blick langsam zu der absurd verrenkt daliegenden Gestalt auf dem Pflaster und ihren eigenen Händen. Sie lebte. Blut tropfte auf das aseptische Weiß des erschlafften Airbags. Blut aus ihrer Nase. Sie registrierte das Rot, betastete die Nase und schüttelte den Kopf.

Inga Lürsen war die Erste, die sich aus der kollektiven Lähmung löste. Sie rannte in Richtung des Mannes auf dem Boden. Sandra sah sie auf sich zukommen und kletterte aus dem Fahrzeug. Sie wankte benommen. Menschen stürzten hinzu. Auch aus der Bürgerschaft. Eine hysterische Frauenstimme kreischte fassungslos: »Herr Weller! Herr Weller!«

Sandra blickte sich um. Der einzige freie Weg war der ins Gebäude, dorthin, woher Weller eben gekommen war. Sie taumelte los. Begann zu laufen.

Inga hockte neben dem Richter. Tastete nach seiner Halsschlagader. Kein Puls. Ohne sich lange zu besinnen, sprang sie auf und lief Sandra Vegener hinterher. Als sie das Foyer erreichte und sich umschaute, sah sie gerade noch, wie Sandra hinter zwei silbermatten Aufzugtüren verschwand.

Fluchend presste sie den Knopf des zweiten Fahrstuhls. Griff zum Handy in ihrer Manteltasche. Drückte die Kurzwahl ihres Kollegen.

»Stedefreund! Stedefreund, ich bin in der Bürgerschaft. Ich bin hinter Sandra Vegener her, die läuft Amok. Richter Weller ist tot.« Während Inga sprach, sah sie, wie der altertümliche Zeiger über dem Lift bis zur sechsten Etage wanderte. Ins oberste Stockwerk.

Endlich. Die Türen des zweiten Fahrstuhls glitten auf. Inga drängte sich hinein. »Was? – Ich weiß es auch nicht. – Ich versteh dich so schlecht. – Kannst du herkommen? – Ja! – Was? Dieses Scheiß-Handy ...!« Die Verbindung riss ab.

Bange Sekunden. Dann öffnete sich der Lift. Von halb rechts hörte sie rasche Schritte. Eine Treppe. Darauf ein Schatten. Sandra Vegener, die nach oben flüchtete.

Als Inga auf das Dach hinaustrat, sah sie Sandra. Im selben Moment wusste sie, dass dies einer der Tage war. Einer der Tage, die sie lange begleiten und bis in die Träume verfolgen würde.

Sandra stand am Rand des Daches. Ganz nah am Rand. Sie hielt sich den Arm.

Inga sah die verzweifelte Frau, sah, was sie vorhatte, wollte sie nicht weitertreiben, und blieb stehen.

»Bitte! Tun Sie das nicht! Lassen Sie uns reden.«

Sandra drehte sich halb um. Schaute sie an. Ein gezeichnetes, gepeinigtes Gesicht. Inga näherte sich ihr behutsam.

»Sagen Sie mir, was passiert ist. Ich möchte Ihnen doch helfen.«

Sandra wandte sich ab, schaute über den Platz mit den gotischen Treppengiebelbauten.

Der Horizont barg auch jetzt, trotz des Novembers, noch all die Weite, die den Himmel im Norden unverwechselbar machte.

Doch der Himmel war nicht mehr frei. Ihr war, als höre sie das seltsame Geschwirre und Gewirre der Funksignale, die längst ein undurchdringliches Netz über die Stadt und die Menschen geworfen hatten, versandt und empfangen von zahllosen Antennen und Satellitenschüsseln, die überall auf den Dächern wucherten wie triumphale Krebsgeschwüre.

Aber Inga Lürsen ließ nicht locker. Sie kam immer näher.

»Ich werde mich diesmal persönlich um alles kümmern.«

Sandra wandte sich erneut um, blickte sie an, doch ihr Fuß tastete sich näher an die Dachkante heran.

»Bitte!«, flehte Inga. »Ich verspreche es Ihnen! Bitte nicht!«

Unten vor dem Gebäude waren die Menschen auf die Silhouette der Frau am gezackten Rand des Daches aufmerksam geworden. Sie starrten erwartungsvoll nach oben. Die Ersten hatten ihre Handys gezückt und filmten.

»Ach …«

Der fahle Laut, der aus Sandras Mund kam, war sanft und weich, ein kraftloser Seufzer, der keinen Raum für Hoffnung mehr barg, weil die Müdigkeit alles überlagerte.

Sie ließ sich einfach in die Tiefe fallen. Schon während des Sturzes brandete der Aufschrei der Menge übers Dach.

Inga griff entsetzt ins Leere. Nur ein ohnmächtiger Reflex, der nichts mehr verhindern konnte. Als Sandra unten aufschlug, sackte Inga schluchzend in sich zusammen.

Unten auf dem Platz, in der Masse der Schaulustigen, die auf die Absturzstelle zudrängten, wandte sich der hagere Mann ab. Auch er zückte sein Mobiltelefon. Doch nicht um den zerschmetterten Körper zu filmen, sondern um zu wählen.

»Sandra Vegener ist tot«, sagte er. »Es ist vorbei …«

***

Frederike Kawentz war eine Frau, die wusste, was sie wollte. Die meisten Menschen wussten das nicht oder hatten Angst, sich ihre Wünsche einzugestehen, weil die sich nicht mit dem vertrugen, was sie für erlaubt hielten. Da das, was nicht erlaubt war, gewöhnlich bestraft wurde, meiden sie das Risiko lieber und orientierten sich an anderen, von denen sie glaubten, sie wüssten Bescheid.

Frederike Kawentz hatte dieses Muster früh durchschaut und begriffen, dass der Schlüssel zu ihrem persönlichen Erfolg weniger darin bestand, irgendeine Materie inhaltlich zu erfassen, als vielmehr anderen überzeugend den Eindruck zu vermitteln, sie könne sich ein abschließendes Urteil erlauben. Jeder halbwegs clevere Verkäufer wusste, dass er seinen Kunden letztlich nur ihre eigenen Wunschbilder andrehte.

Das Zauberwort hieß Kommunikation. Beim Bescheidwissen zählte die Form. Da neunzig Prozent davon im nonverbalen Bereich stattfanden, mithin das Auftreten. Stotternde Spezialisten, die Für und Wider abwogen und komplexere Zusammenhänge zu vermitteln suchten, waren in ihren Augen lächerliche Tröpfe. Echte Macher kannten keine Zweifel. Sie präsentierten die Lösung. Und zwar die Variante, an der jede Kritik abperlte und die auf alles Antworten bot.

Mit Hilfe eines Fulbright-Stipendiums hatte Frederike Kawentz zwei Jahre an der NYU verbracht und dort ihren M.A. gemacht, bei Lintas erste Lorbeeren gesammelt und war über Scholz & Friends schließlich in der Marketingabteilung von 2wave gelandet. Sie hatte sich in Dutzenden von Kampagnen gestählt und zäh bis an die Spitze gekämpft. Nun war sie neununddreißig und wusste, worauf es ankam.

»Ja. Danke«, sagte sie bloß knapp, als sie hörte, was der Mann am anderen Ende der Leitung zu sagen hatte. Sie klappte das Handy zu. Ihr schönes, gepflegtes Gesicht blieb regungslos. Sie verharrte zwei Sekunden, um sich innerlich zu sammeln. Ohne einen weiteren Blick auf das grandiose Panorama zu verschwenden, das sich ihr hinter der Glasfront vom neunzehnten Stock des verspiegelten Verwaltungsbaus aus bot, kehrte sie ins Besprechungszimmer zurück. Dort wartete ein Dutzend Manager auf sie. In der Mitte des lang gestreckten Konferenztischs befanden sich Modelle verschiedener Häuser mit Mobilfunkantennen. Dazu passend Miniaturattrappen von Bäumen, Schornsteinen und sogar einem Kreuz, durch die sich die Antennen camouflieren ließen.

»Also, ich möchte, dass wir auch alle bereits von uns aufgestellten Antennen passend verkleiden.«

Kawentz begab sich ans Kopfende des Tisches und nahm auf dem Chefsessel Platz. In ihrem Rücken, ein paar Meter entfernt, schimmerte das blaue Firmenlogo über einen Plasmabildschirm. Manche mochten derlei für überflüssig und lächerlich halten, doch wenn es um Macht ging, zählten gerade die kleinen Gesten. Sie lächelte.

Ihre schlanken Finger wählten aus den diversen Miniaturen eine Schornsteinattrappe für ein Schrägdach. Die stülpte sie über eine der Modellantennen.

»Hervorragende Idee«, kam es pflichtschuldig von einem der Manager. »Wir werden das sofort veranlassen.«

***

Vor der Bürgerschaft hatte sich die Medienmeute eingefunden. Rettungspersonal schaffte die Leiche von Weller fort. Sandra Vegeners Körper lag von einer hellen Plane verdeckt als unförmiger Haufen oberhalb der Stufen. Die Polizei hatte Flatterband gespannt, um die Schaulustigen fernzuhalten.

»Leute, seid doch bitte vernünftig. Geht hinter die Absperrung. Wir machen um fünfzehn Uhr dreißig eine

Pressekonferenz.« Staatsanwalt Reinhardt, einem schlanken, groß gewachsenen Endvierziger, oblag der undankbare Job, die Schakale von der Presse zu bändigen, die ihn mit Mikrofonen und Kameras belagerten. »Bis dahin kann ich überhaupt nichts sagen. Um fünfzehn Uhr dreißig gibt's 'ne Presseerklärung. Bitte! Schickt doch die Leute hier weg …«

Inga Lürsen kam aus dem Gebäude, begleitet von einem Sanitäter und ihrem jüngeren Kollegen Stedefreund, der sie untergehakt hielt. Sie blieb kurz an den oberen Stufen stehen. Ihr war kalt. Der Sani fragte, ob es gehe. Sie bejahte matt und dankte ihm, aber ihre Schultern bebten. Stedefreund deutete über den Platz zu dem dunkelblauen Passat. Reinhardt, der nur wenige Meter weiter war, ließ die Journalisten stehen und eilte zu ihr.

»Inga, alles in Ordnung?« Der Staatsanwalt fasste sie besorgt an die Schulter.

»Danke, ja …«

»Kann ich etwas für dich tun?«

Sie verneinte stumm. »Wir reden später …«

»Setz dich erst mal in den Wagen«, sagte er und hielt Stedefreund zurück.

»Ich komm gleich nach«, rief der ihr zu.

Inga schien ihn kaum zu hören. Sie trottete wie taub zum Passat. Vorbei am Erkennungsdienst, an den Leuten, die den Jeep abschleppten, an dem geschäftigen Treiben nach der Tat. So, als ginge sie das alles gar nichts mehr an. Als sie beim Fahrzeug war, holte Stedefreund sie ein. Er half ihr auf den Beifahrersitz, musste heftig niesen und setzte sich selbst hinters Steuer. Er war knapp zwanzig Jahre jünger als sie, und obwohl er die dreißig längst überschritten hatte, wirkte er auf sie oft noch fast jugendlich. Vermutlich lag es daran, dass er so lang und mager war und sein nervöser Elan alles andere als bedächtig und gesetzt wirkte.

»Staatsanwalt Reinhardt hat den Fall«, eröffnete er ihr. »Wir sollen noch Sandra Vegeners Mann benachrichtigen. Das war's dann für uns.«

Sie schwiegen eine Weile. Stedefreund war sich nicht sicher, ob Inga seine Worte überhaupt registriert hatte. Sie schien woanders, hielt das Bild Sandras und der kahlen, kleinen Jessica in der Hand, als hätten sich ihre Augen daran festgesogen, und schaute nicht einmal auf.

Er konnte nur mutmaßen, wie sie sich fühlte. Er schätzte Inga, als Mensch und als Kollegin. Auch wenn ihm ihre Impulsivität mitunter auf die Nerven ging, so bewunderte er sie doch für ihre Erfahrung und ihre Geradlinigkeit. Außerdem verfügte sie über ausgezeichnete Instinkte. Besser, er sagte jetzt gar nichts.

Als er den Wagen anließ und über den Platz kurvte, sah er, wie Reinhardt schon wieder von Reportern in die Mangel genommen wurde. Diese elenden Aasgeier, dachte er.

***

Dämmerung senkte sich über die Stadt. Doch das Novembergrau war verflogen, die Wolkendecke aufgerissen und der Himmel erstrahlte in warmen Farben, als wolle die sterbende Sonne noch einmal alles zum Leuchten bringen.

Vom Dach des Hochhauses überblickte man ganz Bremen. Fluss, Hafen, Altstadt und Dom. Es war Daniel ein Rätsel, wieso gerade dieser Kasten leer stand. So nahe am Zentrum, in bester Lage, direkt neben der Baumwollbörse. Vielleicht war das Bürogebäude asbestverseucht.

Oder die Ausstattung genügte den Ansprüchen des neuen Jahrtausends nicht mehr. Vermutlich hatte der Bau schon lange abgerissen werden sollen und stand nur noch dank der globalen Finanzkrise. Ihm konnte es egal sein. Hier oben war sein Reich. Hier störte ihn niemand. Außer vielleicht Julia. Und von der ließ er sich gern stören.

Er hatte ein paar Möbel aufs Dach geschleppt, ein altes Sofa, ausgemusterte Gartenstühle und einen Partytisch, der nur noch drei Beine besaß. Die Sachen hatte er in einen Verschlag am hintersten Aufzugturm geschafft, den er aus Pappkartons, Plastiksäcken und Dachlatten gezimmert hatte. In über dreißig Metern Höhe konnte es ganz schön zugig werden. Wenn der Nordwind über die Wesermarsch pfiff und die Bäume zum Ächzen brachte, wurde man fast vom Dach geweht. Obwohl er das mochte, denn dann schmeckte man die See. Doch am liebsten war ihm eine Abendstimmung wie heute. Egal zu welcher Jahreszeit. Er genoss die kurzen, köstlichen Minuten, in denen der rote Glutball im Westen den Himmel noch einmal in sämtliche Schattierungen von Malve bis Türkis tauchte. Manchmal kreiste dann auch der zahme Falke, der sich regelmäßig hier auf einem der Sendemasten niederließ.

Anfangs hatte Daniel ihm nur etwas Wurst hingehalten. Der Vogel war gekommen und hatte sie sich geholt, obwohl Falken von Hause aus kein Aas fraßen. Dann war Daniel eines Tages einer Eingebung gefolgt und hatte den linken Arm ausgestreckt. Tatsächlich hatte der Falke ihn nur zweimal umkreist, ihn angesehen und sich dann auf dem Arm niedergelassen. Inzwischen ließ er sich sogar von Daniel anfassen. So wie heute.

Der Falke saß auf seinem Mast. Daniel streichelte ihn.

Das Tier wandte plötzlich den Kopf. Die klaren braunen Augen mit der schwarzen Iris waren auf die Tür zum Dach gerichtet. Daniel folgte seinem Blick. Er sah Julia im Aufgang stehen. Sie strich sich eine verwehte Locke von der Wange fort und trat zögernd näher. Ein zaghaftes Lächeln auf den halb offenen Lippen. Der Vogel tänzelte zwei Schritte seitwärts, dann breitete er die Schwingen aus und stieß sich ab.

Daniel schaute dem Falken lächelnd nach. Sein Arm glitt durch die Luft, und Julia wusste nicht, ob er mit ihr den Anblick des kreisenden Vogels teilen wollte oder sich von ihm verabschiedete. Dann kam er auf sie zu. Aus dem Gegenlicht, die Sonne im Rücken, in seinem geliebten schmuddeligen Parka. Sie sah sein halblanges Haar im Wind flattern. Doch sie sah auch, dass er glücklich war. Er nahm ihr Gesicht in die Hände und küsste sie. Einen Moment lang hielt der Zauber noch an und trug sie beide. Zwei, drei kostbare Sekunden.

Wie blass er ist, dachte sie. Wie blass und hohlwangig. Und wie besorgt er mich anschaut. Ich liebe ihn, und gleich werde ich ihm sehr wehtun.

»Was is'n los?« Ihr Gesichtsausdruck hatte ihm offenbar verraten, dass sie keine guten Nachrichten brachte.

»Deine Mutter …«, sagte sie und spürte, dass sich schon wieder das Wasser am unteren Rand ihrer Augen zu sammeln begann.

***

Das Restaurant der Vegeners lag nordwestlich vom Zentrum. Stedefreund fuhr Am Wall entlang und arbeitete sich über die Hans-Böckler-Straße nach Gröpelingen durch.

Gröpelingen war ein klassisches Arbeiterviertel, wo nun viele türkische Einwanderer lebten. Nach Schließung der AG Weser-Werft war es beinahe zum Slum abgestürzt. Daraufhin hatte in den Neunzigern die Sanierungskeule zugeschlagen. Das Ergebnis war nicht immer hübsch. Auf dem ehemaligen Werftgelände von Use Akschen hatte ein irischer Investor die architektonischen Überbleibsel des erfolgreich gefloppten Space-Parks zu einer monströsen Einkaufsmaschine wiederaufbereitet. Der Konsumkomplex nannte sich neudeutsch »Waterfront« und war zum Wasser hin auch tatsächlich ganz ansprechend gestaltet. Doch die ersten Läden machten schon wieder dicht, weil arbeitslose Werftarbeiter und anatolische Migranten eben nicht die potentesten Konsumenten sind und die betuchteren Bremer von anderswo her anreisen mussten.

Doch viele Ecken des Viertels sahen noch wie von vorvorgestern aus, als in Gröpelingen Schiffsleiber geschweißt wurden und das klagende Heulen der Dampfsirenen und der donnernde Takt der Niethämmer den Alltagsrhythmus bestimmten. Die schmale Straße, in der sich das »Quichotte« befand, war so eine. Typische Bremer Arbeiterquartiere, irgendwann zwischen 1900 und 1920 gebaut, zweistöckige Reihenhäuser mit Dreizimmerwohnungen, alle gleich geschnitten.

Stedefreund hielt direkt vor der Tür und stellte den Motor ab. Es hatte wieder zu regnen begonnen. Tropfen rannen über das Glas wie Bäche von Tränen. »Quichotte« ist ein treffender Name, dachte er. Nur dass Sandra Vegener nicht gegen Windmühlen, sondern gegen Sendemasten angetreten war.

Er schniefte leise. Abends holte ihn immer seine verschleppte Erkältung ein und kündigte den flotten Dreier für die kommende Nacht an: Nasenspray, Aspirin und Mentholvaseline.

Er hasste den November. Der November war nicht nur nass und kalt, sondern auch erbärmlich düster. Ein Vorgeschmack auf die Trostlosigkeit des Winters. Stedefreund blickte zu Inga rüber. Sie hatte ihren Kopf nach hinten sacken lassen, auf die Nackenstütze, und schien in Gedanken. Er machte sich Sorgen um sie. Sie sah schlecht aus. Die Sache hatte sie mitgenommen.

»Ich kannte sie doch«, sagte sie heiser. »Ich war ein paarmal in ihrem Restaurant. Sie und ihr Mann waren nett. So bemüht.« Sie wischte sich angestrengt über die Augen.

Er räusperte sich. »Meinst du nicht, es ist besser, wenn ich es mache?«

Sie schüttelte heftig den Kopf. »Ich muss das machen.« Sie versuchte ein tapferes Grinsen. »Geh du mal nach Hause und kurier dich aus …« Sie starrte durch das weinende Glas. »Ich frag mich die ganze Zeit, warum sie das gemacht hat …«

Ihre Stimme stolperte. Er hörte den Selbstvorwurf darin, verzog gequält den Mund und verfluchte Sandra Vegener innerlich. Dass die Frau sich mit ihren durchgeknallten Angstphantasien selbst in den Tod getrieben hatte, war tragisch, doch sein Mitgefühl hielt sich in Grenzen. Schließlich hatte sie vorher noch den Mann umgenietet, dem sie ihre Einweisung in die Psychiatrie verdankte.

Es reichte ihr nicht, ihre eigenen Angehörigen unglücklich zu machen, sie musste auch gleich noch eine weitere Familie zerstören. Aber was hatte Weller ihr eigentlich getan? Außer den Rat eines berufenen Gutachters zu beherzigen, der in seiner Einschätzung ihrer psychischen Verfassung offenbar goldrichtig gelegen hatte.

Inga hatte sie einzig deshalb zum Ort des Geschehens bestellt, damit sie das blutige Spektakel mitbekam. Sandra Vegener hatte sie manipuliert. Wieso zog sie sich den Schuh an, den die andere ihr hingestellt hatte?

»Sie war in der Psychiatrie«, sagte er. »Die haben sie einfach zu früh rausgelassen.«

»Sie war nicht verrückt, da auf dem Dach«, beharrte Inga. »Sie war verzweifelt.«

Stedefreund stöhnte still. »Inga«, beschwor er sie. »Damals, als sie die Anzeige machen wollte, hat sie behauptet, dass man sie mit Strahlen verfolgt. Mit *Mikrowellen.*«

»Und ich hab sie nur weitergeschickt.«

»Ja, zur Staatsanwaltschaft. Genau, wie es sich gehört.«

»Weil sie genervt hat, wenn ich ehrlich bin.«

»Wir sind 'ne Mordkommission. Das war vollkommen korrekt, was du gemacht hast.«

Inga nickte. Es blieb einen Moment lang still.

»Vielleicht, wenn ich mutiger gewesen wäre oder schneller, dann wäre es nicht …«

Stedefreund legte ihr begütigend die Hand auf den Arm. »Hey …«

Er erreichte sie nicht mehr. Als er seine Hand zurückzog, schien sie es kaum zu bemerken. Im Aussteigen fluchte sie noch:

»Scheißjob.«

Die Tür klatschte zu.

Stedefreund musste niesen, griff nach seinem verknüllten Papiertaschentuch und rotzte sich wütend aus. Dann echote er:

»Scheißjob.« Aber damit meinte er Sandra Vegener. Und seinen hartnäckigen Schnupfen.

Das »Quichotte« war ein Lokal, das von der Nachbarschaft lebt. Gute Küche, solide Preise, sauberes Drumherum. Die Art Laden, wo die Stammgäste nach Feierabend noch rauchen durften und man den Wirt duzte. Auf den ersten Blick einfach und doch ein Restaurant mit Charakter.

Vermutlich lag das an Luis Vegener. Dem hatte seine spanische Mutter genügend mediterrane Wärme mitgegeben, um kühle norddeutsche Herzen zu erobern. Er war ein dunkler, schmächtiger Typ, der für jeden ein sympathisches Lächeln hatte. Die ideale Besetzung als Gastgeber.

Nur vielleicht eine Spur zu unterwürfig, dachte Inga, als sie ihn durch den verglasten Eingang hinter dem Tresen beobachtete.

Das Lokal war voll. Abends so gegen acht herrschte hier meist Betrieb.

Luis Vegener hatte gerade ein Bier gezapft, es einem durstigen Menschen über die Theke gereicht und war im Begriff, das nächste Glas anzusetzen, da registrierte er Inga Lürsen.

Sein Lächeln fror ein. Er wusste, wer sie war und für wen sie arbeitete, und an seinem Gesichtsausdruck las sie ab, dass er wusste, was auf ihn zukam. Noch bevor sie durch Tür trat, begriff er. Plötzlich, mitten im heiteren Trubel des geschäftigen Plauderns, Kauens und Schmatzens, munteren Gläserklirrens und Lachens, entfaltete sich die Katastrophe. Das große Unheil. Es packte ihn ohne eine einzige Silbe von ihr. Sie sah, wie seine Schultern kaum merklich nach vorn sackten.

Er fragte nur: »Sandra?«

Sie nickte.

»Was ist mit ihr?« Seine Stimme klang merkwürdig blechern. Als sei er auf das Schlimmste gefasst. Sie wusste nicht, wie er reagieren würde. Sie wollte ihm die bittere Botschaft ohne Zuhörer unterbreiten, ihm die Zeugen ersparen. Aber ihr dämmerte auch, dass er es längst ahnte. Jedes weitere Verzögern der Nachricht hätte ihn nur zusätzlich verletzt.

»Sie ist tot.«

»Tot«, wiederholte er tonlos und blickte durch sie hindurch. Es war keine Frage mehr, nur noch eine Feststellung.

Später stand sie mit Luis in der Küche, neben der glänzenden Edelstahlanrichte, nur Meter und doch Meilen von ihm entfernt.

»›Glück‹. Wo denn? Wo ist das?« Luis Vegener musterte die kleine Pinnwand mit seiner privaten Memorabiliengalerie und starrte auf das Schwarz-Weiß-Foto eines Ehepaars. »Meine Mutter. Ist damals hergekommen. ›Ihr Glück zu finden‹. Eine ›strahlende Zukunft‹ hatten sie ihr versprochen. Ja. Weiß Gott.« Bitternis drang durch seine Worte. Er wandte sich um. Fragend, zugleich auch vorwurfsvoll. »Und jetzt? Ich hab mein Kind verloren! Und meine Frau.«

Er sah Inga an, mit wunden, brennenden Augen. Quer durch den Raum.

»Warum hat sie das getan?«, sagte sie.

Er setzte ein paarmal zum Antworten an, aber sein Mund ging nur auf und zu wie der Mund eines Fisches, der auf dem Trockenen erstickt. Er brachte keinen Ton heraus, bloß Knacklaute, als er vergeblich die Tränen zurückzuhalten suchte.

Schließlich würgte er: »Ich wollte ganz neu anfangen. Umziehen, keine Antennen in der Nähe ... Nichts. Schauen Sie.« Er drehte sich wieder um, zeigte auf ein Foto. Eines der Bilder, die an der Pinnwand steckten, der Pinnwand mit seinem zerstörten Familienglück. Neben der Aufnahme seiner Eltern. »Ein kleines Häuschen hab ich gekauft ... Schauen Sie ...«

Seine Finger zitterten, als er das Foto abzog, auf Inga zuging und es ihr hinhielt.

Sie nahm das Bild in beide Hände. »Schön«, sagte sie und empfand im gleichen Moment, dass das in seinen Ohren wie Hohn klingen musste.

Luis Vegener kehrte ihr wieder den Rücken zu. Zog sich zurück. »Die Behandlung in der Klinik. Die hat nichts gebracht. Nichts.«

»Hat sie mit ihren Protesten wieder angefangen?«

»Sie fing wieder an, vor vier, fünf Tagen, dass sie verfolgt wird. Überwacht ...«

»Von wem?«

»Irgendein Kerl, angeblich. Es fing wieder an. Und ich hab nichts gemerkt.«

Er schüttelte müde den Kopf. Seine Rechte fuhr ratlos durch die Luft, dann stützte er sich nach hinten ab.

»Dieser sinnlose Kampf. Nur weil sie nicht akzeptieren konnte, dass so was wie Blutkrebs passiert.« Er sah auf. »›Nicht mir‹, hat sie gesagt, ›nicht meinem Kind. Nicht einfach so.‹«

Inga blieb stumm. Sie spürte die entsetzliche Hilflosigkeit hinter seinen Worten. Ahnte die Dramen, die sich zwischen den Eheleuten abgespielt haben mussten. Leid schweißte nicht immer nur zusammen. Mitunter war der Schmerz zu groß. Und welcher Schmerz konnte größer sein, als das eigene Kind zu verlieren und ihm vorher beim langsamen Sterben zugucken zu müssen?

»Ich will sie sehen«, stieß er hervor.

Der Keller des gerichtsmedizinischen Instituts ist kein Ort für trauernde Angehörige, sagte ihr Blick, doch so wie er sie ansah, wusste sie, dass ihn das nicht abhalten würde. Deshalb schwieg sie.

Inga hatte Stedefreund mit der Erklärung weggeschickt, dass sie nachher ein Stück zu Fuß gehen wolle. Sie nahmen Luis' Firmenwagen, einen kleinen französischen Transporter mit geschwungenem Schriftzug an der Seite. Er kannte den Weg zum Klinikum Mitte. »Meine beiden Kinder sind dort zur Welt gekommen.«

Auf der Fahrt schwiegen sie. Bloß einmal fragte Inga ihn, ob es da nicht auch glückliche Momente gegeben habe.

»Sie haben sicher schönere Erinnerungen an sie.«

»Das Leben ist nicht schön«, sagte er da.

Die Pathologie war ein einzelner, frei stehender Bau am Südrand des Klinikkomplexes, ungefähr hundert Jahre alt, fast wie eine große Villa aus der Kaiserzeit. Sein Äußeres verriet nichts über den Zweck des Gebäudes, und Luis Vegener guckte etwas verwundert, als Inga ihn zum Portal lotste.

Die meisten Menschen kennen das Innere einer Pathologie nur aus dem Fernsehen, und die Geräusche, der Geruch und die erbarmungslos nüchterne Geschäftigkeit des Todes sind für fast jeden beim ersten Mal ein Schock.

Die Gerichtsmedizinerin war um die vierzig. Eine Frau mit herbem Kinn und schmalem Mund, die um diese Uhrzeit vermutlich auch lieber zu Hause gewesen wäre und eher widerwillig die Tür des Kühlfachs öffnete. Sie zog die Bahre heraus und hob das Tuch an, das die Reste dessen bedeckte, was vorhin noch ein Mensch gewesen war.

Luis zeigte keine Regung. Seine Augen schienen nach etwas Vertrautem zu forschen, doch er fand da nichts. Sandra musste seitlich aufgeschlagen sein. Jedenfalls war ihr Gesicht grotesk entstellt.

»Ist sie das wirklich?« Luis' Stimme klang fassungslos. Sein Blick glitt zu Inga, dann zur Gerichtsmedizinerin. Auf ihr beider stummes Bejahen hin nickte er erschlagen und wandte sich ohne ein weiteres Wort ab. Inga griff nach seiner Schulter.

»Danke, es geht schon«, murmelte er und verließ den Raum.

Ingas Blick folgte ihm, als er auf den Flur trat und langsam zurück zur Treppe nach oben ging. Sie atmete durch, drehte sich um und sah die Gerichtsmedizinerin an.

»Gibt es schon was?«

Die Pathologin schob die Bahre wieder ins Kühlfach und schloss den Schrank. Dann schüttelte sie abweisend den Kopf. Sie wollte hier Schluss machen.

»Staatsanwalt Reinhardt möchte, dass alle Ergebnisse erst mal an ihn weitergegeben werden«, sagte sie.

»Er wird sicher nichts dagegen haben. Ich kenn ihn ja gut. Was habt ihr rausgefunden?«

Die Pathologin verzog angestrengt den Mund und machte zwei Schritte zum Flur hin.

»Eigentlich, was alle erwartet haben. Gewisse Anomalien, die auf Schizophrenie hinweisen ...«

Inga, noch mit dem Anblick der entstellten Toten vor Augen, musste ungläubig lächeln. »›Gewisse Anomalien‹? So was könnt ihr erkennen in dem Zustand?«

Sandras Schädel war zertrümmert. Doch selbst wenn ihr Gehirn noch intakt gewesen wäre, blieb Inga schleierhaft, wie irgendwer daran Schizophrenie hätte ablesen können. Zumal die Tote bislang aufgrund der wenigen Zeit vermutlich nur oberflächlich angesehen worden war.

Aber die Gerichtsmedizinerin drängte zur Tür. »Das muss natürlich noch genauer untersucht werden. Wir sind damit noch nicht durch. Aber sonst, nee. Nichts Besonderes. Hast du was anderes erwartet?« Sie sprach das »etwa« nicht aus, doch es schwang mit.

»Ja«, erwiderte Inga, zunehmend ratloser, weil die Ärztin sie offensichtlich loswerden wollte. »Ich dachte, Medikamente vielleicht oder Alkohol.«

Die Pathologin verneinte wortlos. Inga nickte und ging.

Luis Vegener war schon fort; sie hatte ihm vorhin gesagt, sie könne sich nachher ein Taxi nehmen. Aber als sie nun auf dem regennassen Asphalt des Klinikgeländes stand, spürte sie, dass sie viel zu aufgewühlt war, um jetzt allein zu sein.

Sie hatte verschiedentlich Leute erlebt, die gerade unter einem psychotischen Schub litten. Sandra Vegener hatte auf sie nicht so gewirkt. Weder damals, als sie sie an Reinhardt weitergereicht hatte, noch vorhin auf dem Dach.

Dass Stedefreund das anders einschätzte, fand sie nicht weiter verwunderlich. Sie wusste, dass er von übertriebenem Verständnis für Täter wenig hielt, und es rührte sie, welche Sorgen er sich um sie machte. Aber die Haltung der Pathologin hatte sie nachhaltig befremdet. Denn deren Untersuchungsergebnis stand bereits fest, bevor die Obduktion anfing, und sie konnte schlicht nicht wissen, was sie da zu wissen vorgab.

Sandra Vegener war zwar völlig verzweifelt gewesen, aber absolut klar. Ihr Motiv schien Inga weniger Rachsucht gewesen zu sein als ein letzter Versuch, die Welt dazu zu zwingen, sie endlich ernst zu nehmen.

Sie waren vorhin über die Bismarckstraße gekommen und hatten die Zufahrt in der St. Jürgen genommen, aber die Pathologie lag näher zum Schwarzen Meer hin, und deshalb ging Inga dort raus.

Die vierspurige Asphaltschneise war trotz der vorgerückten Stunde noch stark befahren, und es dauerte nicht lange, bis sich ein Taxi mit gelb leuchtendem Schild näherte. Sie winkte es heran und bat den Fahrer, sie zum Polizeipräsidium zu bringen. Da wurde rund um die Uhr gearbeitet, sodass sie nicht völlig allein wäre und zugleich ihre Ruhe hatte.

***

Auf den Treppen vor der Bürgerschaft war Jens Peter Riemers dabei, mit einem Hochdruckstrahler die Blutspuren vom Granit zu spritzen, die Sandra Vegeners Körper wenige Stunden zuvor hier zurückgelassen hatte. Blut hatte eine geringere Oberflächenspannung als Wasser. Schon ein Liter hinterließ einen riesigen Fleck. War das erst mal eingetrocknet, ging es fast so schlecht ab wie Dispersionslack.

Eben noch war der Platz menschenleer gewesen bis auf einen Betrunkenen, der in der Nähe des Rolands herumirrte, um dann Obszönitäten grölend weiter in Richtung Altstadt zu ziehen. Doch nun stand da ein junger Mann, nur ein paar Meter weiter, und stierte auf das rötliche Wasser, das der Kärcher aus der grobporigen Maserung des Gesteins herauswusch und das in kleinen Bächen zum Gully lief. Der hat auch kein Zuhause, dachte Riemers gerade, als der Junge plötzlich auf ihn zukam. Denn das war noch kein Mann, das war ein Junge. Ein blasser, magerer Junge mit halblangem, unordentlichem Haar und wirrem Ausdruck im Blick.

»Hören Sie auf!«, stieß er hervor.

Riemers verstand nicht, was er wollte.

»Hören Sie auf!«, schrie der Junge noch einmal und packte plötzlich das Strahlrohr des Kärchers. Riemers hörte die verzweifelte, unterdrückte Wut in seiner Stimme, sah seine wunden Augen, roch seinen Atem und seinen Schweiß.

»Was willst du?«

Der Junge ließ ab von ihm. »Hören Sie einfach auf damit. Bitte. Gehen Sie.«

Riemers dämmerte, dass der Junge in großer Not war, und er begriff, wenn auch langsam, dass das, was er hier tat, diese Not größer machte.

Er verstand nicht unbedingt, warum. Die Ruhe der Toten ging ihn nichts an. Das Blut war für ihn nur Schmutz, ein lästiger Fleck, der morgen früh, wenn die Bürgerschaftsabgeordneten, die Justizangestellten, Sachbearbeiter, Assessoren, Richter und Staatsanwälte wieder hierherkamen, um ihren Dienst zu verrichten, entfernt sein musste. Es war seine Pflicht, hier für Sauberkeit zu sorgen, damit auch alles Übrige seinen geordneten, sauberen Gang gehen konnte. Aber er merkte, dass das dem Jungen völlig gleichgültig war, und er spürte dessen hitzige, aggressive Energie.

Er hatte keine Lust, sich zu prügeln. Er würde den Fleck später wegmachen. Also gab er nach, packte zusammen und rollte den Dampfdruckstrahler nach drinnen.

Daniel starrte fröstelnd auf die wässrigen Spuren. War das alles, was von seiner Mutter übrig blieb? Konnten sie sie einfach so fortspülen und vergessen?

***

Inga war allein im Büro. Nachts war normalerweise bloß Bereitschaft, und sie recherchierte im Online-Archiv. Parallel hatte sie den Fernseher eingeschaltet. Um diese Zeit liefen die Wiederholungen der Regionalnachrichten vom frühen Abend, und sie wollte wissen, was da gesendet worden war.

Plötzlich flimmerten körnige, schlecht aufgelöste Amateurbilder über den Monitor. Aufnahmen von Sandras Sprung, untermalt vom entsetzten Aufschreien der Gaffer. Inga ging rasch zum Glastisch vor dem Fernseher, ergriff die Fernbedienung und stellte den Ton lauter. Staatsanwalt Reinhardt erschien auf dem Bildschirm. Er sprach in die hingereckten Mikrofone der Journalisten.

»… gehen wir aufgrund ihrer psychischen Labilität momentan von einem schizophrenen Schub aus, der möglicherweise zu dieser Tat geführt hat …«

Inga nahm ihre Dienstwaffe aus dem Holster und schob sie auf den Tisch, dann legte sie stumm ächzend die Beine auf einen Stuhl und griff nach dem Glas Rotwein, das sie sich zuvor eingeschenkt hatte.

»Frau Lürsen? Besuch für Sie!«

Inga drehte sich um. Eine junge Beamtin war im Türrahmen aufgetaucht.

»Ja. Danke.« Doch sie war abgelenkt. Gerade erschienen Archivaufnahmen von Sandra Vegener, die den Medienmenschen ihren Protest erläuterte. Bilder, auf denen sie sich an Sendemasten gekettet hatte und vor der Zentrale von 2wave skandierte. Auf diesen Bildern war sie noch eine kämpferische Frau gewesen. Ganz anders als vorhin. Inga riss sich los und schwang herum. Neben der Beamtin stand Daniel Vegener, Sandras Sohn. Inga hatte ihn mal im Restaurant gesehen und wusste, wer er war. Sie stellte das Glas ab und erhob sich langsam. Die junge Beamtin verschwand.

Daniel deutete auf den Bildschirm. »Sie war nicht verrückt. Meine Mutter war nicht verrückt.«

Er stand bloß so da. Voller Wut und Trauer.

»Es tut mir unendlich leid, was mit Ihrer Mutter passiert ist«, sagte Inga ruhig.

Doch der Junge wollte keinen Trost, er war aufgebracht, noch ganz von dem Bericht gefangen, und starrte zum Fernseher.

»Was quatscht dieser Scheißkerl denn da? Der hat meine Mutter doch in den Tod getrieben. Der und all die anderen!«

Staatsanwalt Reinhardt gab eben wieder Pressestatements ab.

»Keiner hat meine Mutter ernst genommen«, rief Daniel. »Keiner!« Er sah Inga anklagend an. »Sie waren bei ihr, als sie … Auf dem Dach. Das waren Sie doch.«

»Ja.«

Es blieb einen Moment lang still.

»Ich will, dass Sie beweisen, dass meine Mutter nicht verrückt war. Bitte! Helfen Sie mir!«

Inga hielt seinen Blick, machte einen Schritt auf ihn zu.

»Ich verstehe Ihre Trauer, aber …«

Daniel schnitt ihr das Wort ab. Hart und laut.

»Sie haben was gutzumachen! Sie haben Sie springen lassen.«

»Nein, nein, ich hab sie nicht …«

Sie rangen mit Blicken. Die ältere Frau und der zornige junge Mann. Doch ihre Empathie erreichte ihn nicht. Plötzlich fing er an zu schreien:

»Sie müssen was unternehmen! Gegen diese Lügen!« Er stürmte vor, auf den Fernseher zu. »Die haben meine Mutter auf dem Gewissen. Diese Schweine!«

Auf dem Bildschirm war nun Frederike Kawentz zu sehen, die smarte Managerin von 2wave, die auch jetzt die passenden Worte fand: *»Eine schreckliche Tat. Das hat niemand voraussehen können, dass es doch so schlimm um diese Frau stand …«*

Für einen Moment befürchtete Inga, Daniel würde die Bildröhre eintreten, aber er stellte das Gerät nur mit einer heftigen Bewegung ab.

»Wir werden das alles untersuchen, das verspreche –«

Er fiel ihr wieder ins Wort. »Blablabla! Scheißdreck! Sie haben Angst! Weil Sie wissen, dass Sie Mist gebaut haben …« Mit vier Schritten war er bei ihr, und auf einmal packte er ihre Dienstwaffe, die sie abgelegt hatte und die nun offen neben ihr auf dem Tisch lag. »Wenn Sie mir nicht helfen wollen, muss ich die Sache selbst in die Hand nehmen …« Er wich zwei Meter zurück, hielt die Pistole am ausgestreckten Arm und zielte auf sie.

Inga erschrak, aber sie blieb gefasst. »Machen Sie bitte keinen Unsinn. Geben Sie mir die Waffe!« Sie wollte auf ihn zu.

»Bleiben Sie, wo Sie sind!«

»Machen Sie jetzt keinen Fehler. Bitte!«

Daniel, der sich offenbar mehr abschreckende Wirkung von seiner Drohgebärde erhofft hatte, schien plötzlich verunsichert. Er ließ den Arm sinken.

Inga sah, dass er nicht abdrücken konnte. Sie atmete erleichtert durch. Für eine Sekunde schien die Situation wieder unter Kontrolle. Daniel wandte sich ab. Als gäbe er auf.

Inga unternahm einen erneuten Anlauf, kam näher, streckte behutsam die Hand aus.

»Geben Sie her!«

Ihre Stimme war warm, geduldig, begütigend. Nur noch ein winziger Schritt, und alles wäre wieder im Lot. Doch da schwang sein Arm herum, und die Faust mit der Waffe darin traf sie an der linken Schläfe.

Ihr wurde schwarz vor Augen.

Hinterher wusste sie nicht, ob sie die Bilder im Fallen gesehen hatte oder als sie wieder zu sich kam. Die Bilder von Sandras Sprung in Tod. Der Film in ihrem Kopf. Stedefreunds Brüllen, als er sie kollabiert auf dem Dach angetroffen hatte. Er schrie immer noch. Warum hörte er nicht damit auf? Ihre linke Schädelhälfte tat weh. Ein reißender Schmerz, der sich vom Scheitel bis an den Hals zog. Der Backenzahn vermutlich. Links oben. Dass das Ding so höllisch wehtun konnte.

»Inga! Hey!«

Warum brüllte er nur so? Sie kam zu sich, schlug die Augen auf, schloss sie gleich wieder, weil ihr das Licht der Deckenlampe sofort in die Netzhaut biss.

»Aua …«

»Das hab ich auch grad gedacht.«

Das war Stedefreunds Stimme. Sie dachte nur: Scherzkeks, und hielt sich den Kopf.

Doch der Scherzkeks half ihr hoch und besorgte einen Eisbeutel, den sie sich an die Schläfe hielt, während er alte Aufzeichnungen von Sandra Vegeners Kampagne in den Spieler schob. Sie sahen sich die Ausschnitte gemeinsam noch einmal an. Einige der Szenen waren zuvor schon in der Abendschau zu sehen gewesen: Sandra beim Verteilen von Flugblättern; Polizisten, die sie unsanft von einer Mobilfunkantenne zerrten, an die sie sich gekettet hatte, begleitet vom Protestgeschrei ihrer Mitstreiter. Doch ihr Interview vor dem Justizgebäude in der Ostertorstraße war vorhin unterschlagen worden.

»Zwei andere Kinder in der Nähe sind erkrankt. Bloß weil diese Firma …«

»2wave«, warf der Reporter ein.

»Ja. Weil die auf unserem Dach einfach eine von ihren Antennen aufgestellt hat.«

»Sie wollen 2wave verklagen?«

»Ich werde zur Staatsanwaltschaft gehen, ja. Ich werde denen das verbieten.«

Sandra wirkte entschlossen, stark und sogar ziemlich charismatisch. Eine, die andere zu motivieren verstand. Inga stoppte das Band.

»Wusstest du, dass sie für kurze Zeit eine einstweilige Verfügung durchgesetzt hat? Gegen jede Neuaufstellung von Sendemasten hier in Bremen?«

Sie deutete auf die alten Schlagzeilen aus der Boulevardpresse, die sie am schlaflosen Anfang der Nacht aus dem Online-Archiv gefischt hatte.

»Ja«, sagte Stedefreund nur. »Hat nicht allen gefallen …« Er schob ihr ein Foto von Daniel hin. »Das ist raus an die Presse …« Sein Blick wurde besorgt. »Sag mal, willst du nicht doch lieber zum Arzt?«

Sie wehrte ihn unwirsch ab. »Nein!« Dann fragte sie: »Was ist denn mit dem Videoband aus dem Wagen?«

»Wird gerade zusammengesetzt«, sagte er. »Ist ziemlich ramponiert. Sonst nichts, was uns weiterhilft.«

Sie nickte müde. Ihre Schädelhälfte schmerzte.

ZWEI

Am nächsten Morgen fand wie jeden Tag die kurze Einsatzbesprechung des Teams statt. Die Faktenlage zum Tod Wellers war zwar klar und die Frage einer Azubi, nämlich ob es sich bei der Tat um klassischen Mord oder erweiterten Suizid handelte, eher akademisch. Doch Sandra Vegeners Sohn hatte Inga letzte Nacht niedergeschlagen und sich ihre Waffe angeeignet. Nach dem, was der aufgebrachte Junge vorher geäußert hatte, stand zu befürchten, dass er meinte, seine Mutter rächen zu müssen, was die Situation dramatisch verkomplizierte, denn nun mussten alle, auf die er es eventuell abgesehen haben konnte, schleunigst identifiziert und gewarnt werden.

Inga und Stedefreund hatten sich vor der Pinnwand platziert, auf der Tatortbilder und eine Serie von vergrößerten Porträtfotos zu erkennen waren. Auf einem Bild war ein rundgesichtiger Mittfünfziger zu sehen, den Inga als Professor Peter Humberth vorstellte.

»Humberth hat das psychologische Gutachten über Sandra Vegener verfasst. Auf dieses Gutachten hin hat Staatsanwalt Reinhardt ihre Einweisung in die Psychiatrie beantragt …«

»Daniel Vegener dürfte auf ihn ebenso schlecht zu sprechen sein wie auf Staatsanwalt Reinhardt«, ergänzte Stedefreund, der sah, dass Inga sich schon wieder an die Schläfe fasste.

»Also«, sagte sie, »das sind die mutmaßlichen Zielpersonen von Daniel Vegener …«

Stedefreund zeigte auf das Bild des Richters. »Friedrich Weller, der die Einweisung verfügt hat, ist tot.«

»Eine mögliche weitere Zielperson ist Frederike Kawentz. PR-Chefin und im Vorstand von 2wave.«

»Sie war im Auftrag des Mobilfunkanbieters mit dem Fall von Sandra Vegener befasst«, sagte Stedefreund.

»Wir brauchen den Jungen!«, schloss Inga. »Und zwar bevor er schießt!«

»Das war's fürs Erste«, erklärte Stedefreund. »Gutes Gelingen! Ach ... und die Abzüge von den Fotos bekommt ihr nachgereicht, okay?«

Unter zustimmendem Gemurmel erhoben sich die Anwesenden. Karlsen, der engste Mitarbeiter von Inga und Stedefreund, der mit seinem grauen Pferdeschwanz wie ein Alt-Hippie aussah, bemerkte, dass es bislang keinerlei Hinweise gebe, wo der Junge sich aufhielt.

»Fahr du zum Haus seiner Eltern und mach eine Observierung«, bat Inga ihn.

»Okay«, nickte Karlsen und zog ab.

»Da hat er sich seit Monaten nicht mehr blicken lassen, sagt sein Vater«, wandte Stedefreund ein.

»Trotzdem!«, meinte Inga. »Seine Mutter ist tot ... Was ist mit der Ortung? Über sein Handy?«

In dem Moment kam Staatsanwalt Reinhardt in den Besprechungsraum. Er hatte ihren letzten Satz mitbekommen.

»Ich werde das veranlassen.« Dann fragte er sie: »Wie geht's dir?«

»Jörg ...«, begrüßte sie ihn überrascht. »Was macht denn dein Polizeischutz?«

Reinhardt verzog das Gesicht zu einem schiefen Grinsen. »Die versuchen mich vom Arbeiten abzuhalten.« Er musterte das Porträt von Daniel und konnte sich ein bitteres Auflachen nicht verkneifen. »Der?«

Inga war etwas irritiert, wie herbe der Staatsanwalt

reagierte, doch als er ihrem Blick begegnete, hatte er sich wieder im Griff. Er deutete auf die Fotos von Kawentz und Humberth.

»Wie weit seid ihr?«

»Für die Kawentz haben wir Kollegen abgestellt. Aber deinen Freund, Professor Humberth, den erreichen wir nicht. Da laufen nur AB und Mailbox.«

»Hab's auch schon versucht.« Reinhardts Hand schlüpfte in die Manteltasche und zog ein Handy heraus.

»Ich fahr hin«, erklärte Stedefreund kurz entschlossen und wandte sich zum Gehen. Inga machte Anstalten, ihm zu folgen.

»Wo willst du denn hin?«, hielt Reinhardt sie zurück.

»Den Jungen suchen.«

»Inga«, ermahnte er sie. »Du warst ohnmächtig. Du gehst jetzt erst mal zum Arzt.«

»Er hat meine Waffe«, sagte sie. »Es ist meine Verantwortung.«

Reinhardt begriff offenbar, dass er ein wenig zu brüsk gewesen war. »'tschuldige«, murmelte er. »Ich mach mir wirklich Sorgen ...«

Sie gönnte ihm ein kurzes, dankbares Lächeln und war weg.

Er sah ihr nach, Besorgnis im Blick. Dann wandte er sich wieder seinem Handy zu, drückte die eingespeicherte Nummer, wartete aufs Freizeichen und sah zu Humberths Foto. Doch er bekam nur die Mailbox zu fassen. »Peter, melde dich. Wo steckst du?«

Seine Stimme klang drängend und einigermaßen ratlos.

***

Der Morgen war kalt. Späte Nebel trieben über das Wasser. Der hohe Grasbewuchs der Böschung, Gestrüpp und Melde, bereits braun und gelb, geknickt von ersten Nachtfrösten, wirkte ebenso trostlos wie die Schuttreste neben der kaputt gefahrenen Zuwegung. Aber die Gegend war einsam; hier fiel er niemandem auf.

Er hielt die Pistole mit beiden Händen und musterte sie fast widerwillig, bevor er sich prüfend umsah, ob ihn auch wirklich niemand beobachtete. Er hatte noch nie mit einer echten Waffe geschossen und keine Ahnung, wie stark der Rückschlag sein würde. Aber er musste wissen, wie sich das Ding verhielt. Zögernd hob er den rechten Arm und brachte seine Augen auf eine Linie mit Kimme und Korn. Dann ließ er die Mündung suchend über den Rand der Böschung am gegenüberliegenden Ufer gleiten. Schließlich blieb er an einer kleinen Insel hängen, mitten im Wasser, auf der sich ein Warnschild für Nichtschwimmer befand. Es zeigte ein Mädchen mit ausgestreckten Armen und offenem Mund. Er zielte und drückte ab.

Der Schuss selbst war überraschend leise, doch das helle, metallische Geräusch, als die Kugel den Schilderpfahl traf, erschreckte ihn. Er blickte sich gehetzt um, steckte die Waffe in den Hosenbund und lief zurück zu seinem 245er Volvo.

Der Kombi war zwar schon über zwanzig Jahre alt, aber rollte tadellos. Abgesehen davon, dass das Rot des Lacks nicht mehr schön war und die Ränder der Türen erste Rostansätze zeigten, sah er sogar noch passabel aus.

Ein wütendes Grinsen huschte über sein Gesicht, als er die Kupplung kommen ließ, so heftig, dass Rollsplitt durch die Luft wirbelte. Sein Vater hatte Angst, sich zu wehren. Er hatte seine Mutter zu bremsen versucht. Dafür verachtete Daniel ihn. Er war da anders. Er würde sich wehren. Er würde beweisen, dass sie nicht verrückt gewesen war, und dabei würde ihm die Waffe dieser Hauptkommissarin genauso gute Dienste leisten wie nun der alte Volvo.

***

Professor Peter Humberth wohnte in Horn-Lehe, einem der besseren Viertel im Osten der Stadt, nicht weit von der Universität und keine acht Kilometer vom Zentrum. Hier war es grün und beschaulich. Es gab mehrere alte Parks, und die niedliche Dorfkirche, die pittoreske Mühle und die behäbigen Bauernhäuser entlang der Heerstraße beschworen die frühere pastorale Idylle. Doch Stedefreund hatte ein ambivalentes Verhältnis zu Horn-Lehe und Oberneuland. Es duftete ihm schlicht zu sehr nach Geld. Im 18. Jahrhundert hatten wohlhabende Bremer Kaufleute ihre Landsitze hierher verlegt, und bis heute blieb es den Gutbestallten vorbehalten, sich in diesem Teil Bremens niederzulassen, zumindest in dem Teil, der um die Marcusallee herumlag und nach Oberneuland rausging.

Außerdem gruselte ihm vor Suburbia. Er zählte zu der Sorte Mensch, die lieber richtig in der Stadt leben. Oder richtig auf dem Land. Entweder eine bunte, heterogene Mischung, wo sich verschiedenste Daseinsformen aneinanderrieben, gegenseitig anzogen, abstießen oder auch mal zusammenkrachten, oder eben frische Kuhfladen auf der Dorfstraße, Güllegestank, freier Himmel und Fliegen in der Küche.

Suburbia war weder noch. Hier gab es keine Gegensätze. Die Rasenkanten waren alle gleich sauber beschnitten, und die Buchsbaumhecken, Rhododendren, Wachholderbüsche und Garageneinfahrten atmeten dieselbe Langeweile. Aber er würde ohnehin nie so viel verdienen, dass es im Entferntesten für ihn in Betracht kam, hierherzuziehen.

Humberth wohnte im Deliusweg. Sein Haus war fast ein bisschen zu modern für die Nachbarschaft, und auch seine Gattin wirkte auf Stedefreund nicht unbedingt wie die typische Frau Professor. Trotz der herbstlichen Temperaturen draußen trug die attraktive Endvierzigerin ein ärmelloses Kleid und Pumps. Stedefreund schloss sofort aus, dass sie sich bei gesellschaftlichen Anlässen damit beschied, dem Angetrauten artig Stichwörter anzureichen, damit der gebührend glänzen konnte.

»Lebensgefahr«, wiederholte sie eben mokant, nachdem er ihr eröffnet hatte, in welch prekärer Lage sich ihr Mann befand, seit Daniel Inga Lürsens Waffe entwendet hatte. Sie schürzte die Lippen. »Na, da wird's ja mal richtig spannend ...«

Sie erhob sich und begann auf und ab zu gehen. Stedefreund saß in einem teuren Spätbauhaussessel, dessen Polster schlammig an seinem Gesäß klebte, ansonsten kämpfte er mit seiner Triefnase und wollte sie nicht lange stören.

»Wo kann ich Ihren Mann erreichen?«

Sie gönnte ihm die Persiflage eines ironischen Lächelns. »Mein Mann, der berühmte psychologische Gutachter, ist in Kopenhagen.« Sie pausierte kurz und warf Stedefreund einen langen Blick zu. »Er nennt es ›Seminar‹, aber meist geht es dabei um Melanie, Monika, Martina oder ... Melissa?«

Ihre Hand angelte nach einer Zigarettenschachtel auf dem Glastisch. Sie fischte eine heraus, suchte nach Feuer, entdeckte keines, also blieb sie stehen, setzte den Fuß des Spielbeins leise wippend nach außen und winkelte die Zigarette auffordernd ab, wobei sie den Ellenbogen mit der anderen Hand abstützte.

Stedefreund verzog den Mund, wälzte sich aus dem Sitzmöbel, wühlte in seiner Jackentasche und war ihr zu Diensten. Sie inhalierte tief.

»Danke.« Sie blies den Rauch an ihm vorbei in Richtung Glasfront. »Mein Mann hat eine seltsame Vorliebe für Geliebte, deren Namen mit ›M‹ beginnen. Ich habe ihn schon öfter gefragt, ob das nicht Anlass genug wäre für ein psychologisches Gutachten über seine eigene Zurechnungsfähigkeit ...« Sie saugte am Filter und fixierte dann wieder Stedefreund. »Was meinen Sie? ›M‹ wie ›Mutter‹?« Ein kurzer, trauriger Lacher. »Ich heiße Katja ...«

Stedefreund fühlte sich unwohl. Seine Müdigkeit und die verschnupfte Nase vertrugen sich nicht mit ihrer zynischen Gekränktheit. Vermutlich stimmten ihre Vorwürfe sogar. Doch dazu gab es bestimmt eine Vorgeschichte, und egal wie die ausfiel, immerhin hatte sie ihn mal freiwillig geheiratet. Außerdem konnte sie sich theoretisch jederzeit von ihm trennen. Dann musste sie zwar eventuell auf den Luxus dieses hübschen Anwesens verzichten, aber gewann ihre Würde wieder und musste nicht irgendwelche verschnupften Kommissare dazu missbrauchen, sich ihre Lebensbeichte anzuhören.

Es war nicht seine Aufgabe, hier therapeutisch tätig zu werden. Er sollte Humberth vor Daniel warnen. Stedefreund zückte eine seiner Visitenkarten.

»Wenn Sie ihn sprechen, dann sagen Sie ihm bitte, dass er sich sofort mit uns in Verbindung setzen soll. Unbedingt.«

Er hielt ihr die Karte hin. Sie sah ihn bloß spöttisch an und rührte sich keinen Zentimeter. Stedefreund kniff die Lippen zusammen und legte die Karte auf den Glastisch. Dann packte er ein Fahndungsfoto von Daniel daneben und wollte gehen. Sie griff nach dem Bild.

»Ist er das? Der … ›Killer‹?«

»Ja.«

»Netter Junge.«

»Wie man's nimmt …«

Er drehte sich um und ging.

Sie blieb zurück, nachdenklich rauchend, bevor sie zu dem schwarzen Highboard trat, dessen Ablagefläche ein gerahmtes Foto ihres Gatten zierte. Sie hielt stumme Zwiesprache mit dem Bild des etwas angestrengt sportlich wirkenden Mannes, der dort in die Kamera winkte. Humberth trug eine knappe Bomberjacke und hielt eine Jagdflinte. Den Kolben hatte er lässig in die Hüfte gestemmt, sodass der Lauf des Gewehrs schräg nach oben zeigte. Wie ein erigierter Phallus.

***

Peter Humberth war kein Purist. Seine Gattin war blond, und die junge Frau, die er gerade in die Handhabung des Jagdgewehrs einwies, brünett. Sie studierte Psychologie und hieß Marion. Ihre wissenschaftliche Fähigkeiten waren nicht unbedingt brillant, doch dieses Manko machten ihre physischen Vorzüge mehr als wett. Im Bett erwies sie sich als ebenso experimentierfreudig wie lernbegierig, aber eben auch noch nicht als so erfahren, als dass er sie nicht durch den einen oder anderen kleinen Kunstgriff in verschämtes Erstaunen versetzen konnte. Momentan allerdings ging es darum, dass sie die klassische

Tontaube traf, die eine Schleudervorrichtung über den verträumten, idyllisch umwaldeten kleinen See vor seiner Jagdhütte katapultierte.

Er hatte das Häuschen seinerzeit ungemein günstig erstanden, zusammen mit anderthalb Hektar drum herum, von einem Hamburger Zahnarzt, dem die Fahrt bis hinter Rothenburg auf seine alten Tage zu weit wurde. Doch für ihn lag die Hütte ideal. Er brauchte keine Dreiviertelstunde bis hierher, schon befand er sich in einer völlig anderen Welt, sah keinen Menschen und hörte nachts Käuzchen schreien. Seine Frau begleitete ihn nur noch selten, mit der eher vagen Begründung, ihr sei es zu einsam. Ihm war das nur recht. So konnte er gelegentlich die eine oder andere Gespielin mitnehmen und sie in die Freuden des Waidwerks einweihen.

Er hielt Marion von hinten umschlungen und half ihr, die doppelläufige Flinte auszurichten. Ihr letzter Schuss war danebengegangen. Die Tontaube klatschte ins Wasser.

»Och nee …«, maulte sie.

»Pass auf, einfach schön in die Mitte gucken … und fest in die Schulter ziehen.« Er presste sie an sich und korrigierte ihre Haltung. Sie genoss seine Umarmung offensichtlich; ihr Mund suchte den seinen. »Und …« Er löste das Katapult aus. Diesmal traf sie das Ziel und jauchzte auf.

»Ja!«

Sie hüpfte vor Freude, umarmte ihn, knabberte begeistert an seinen Lippen. Als sich das Handy in seiner Manteltasche meldete und seine Rechte mechanisch danach griff, hielt sie ihn zurück.

»Nicht jetzt …! Du hältst doch gerade dieses wichtige Referat. Bei diesem wichtigen Seminar in Kopenhagen.«

Ihr Unterleib rieb sich an ihm, und ihre Lippen glänzten verlockend, während ihre Hand das Telefon zurückschob und wie zufällig über sein Glied strich. »Ich weiß was Besseres …«

Sie begehrte ihn. Sie, Marion, die fast dreißig Jahre Jüngere. Es erfüllte ihn mit Stolz und Begierde. Er ließ das Handy Handy sein. Vergaß das Gewehr. Marion ergriff seine Hand und zog ihn laufend in Richtung Haus. Er lief mit ihr, ihr nach, fühlte sich jung, vital und ungeheuer potent.

***

»Kopenhagen?«, fragte Inga.

»Ja, Kopenhagen!«, bestätigte Stedefreund. »Müssen wir wenigstens nicht auch noch auf den aufpassen.« Er sah zweifelnd die Fassade des verkommenen Gebäudes hoch, zu dem Inga ihn bestellt hatte. »Hier?«

»Angeblich«, sagte sie. »Hab die Adresse von seinem Vater.«

Das Haus war ein Apartmentblock aus den Sechzigern, der anscheinend schon seit Geraumem leer stand. Stedefreund half Inga, das klemmende Metalltor aufzuschieben, das den Zugang versperrte, der voller Müll und Abfall lag. Das mit Graffiti übersäte Treppenhaus sah genauso übel aus und roch streng nach Urin und kaltem Marihuanarauch. Inga bekundete, hier ungern wohnen zu wollen, und wollte beiläufig wissen, ob er wenigstens eine Waffe dabeihabe. Statt einer Antwort erklärte er ihr, er gehe besser vor, musste ein Niesen unterdrücken, stolperte, fing sich ab und fluchte verhalten.

Schließlich erreichten sie eine Tür, auf der Daniel mit feinem Sinn für Ironie ein geklautes Reklameschild platziert hatte: »Dany plus Sahne«. Stedefreund zog seine Waffe und probierte die Klinke. Es war nicht abgeschlossen. Inga nickte ihm zu. Er stieß die Tür vorsichtig auf, und sie schoben sich ins Innere.

Die Wohnung war nicht sonderlich aufgeräumt und nur behelfsweise möbliert. An den Wänden befanden sich Spraygemälde auf Tapete. Von einem kleinen Vorraum aus ging es direkt in die Küche. Daran schloss sich ein weiteres Zimmer an. Auf dem Herd stand ein Teekessel. Anscheinend funktionierten hier noch Strom und Wasser. Stedefreund fragte sich, wieso, und gab sich durch ein halblaut gerufenes »Hallo?« zu erkennen.

Im benachbarten Zimmer, das durch einen Plastikperlenvorhang abgetrennt war, bewegte sich etwas. Jemand lag auf einer Matratze. Ein Mädchen. Sie hatte anscheinend geschlafen.

Das musste Daniels Freundin sein, dachte Inga, die Freundin, von der Luis Vegener ihr erzählt hatte. Wie hieß das Mädchen noch mal? Julia. Wie bei Shakespeare. Julia war richtig. Jedenfalls reagierte sie entsprechend, als sie sie so ansprach.

»Kriminalpolizei«, sagte Stedefreund. »Wir suchen Daniel Vegener.«

Julia schreckte hoch, kauerte sich an den Rand des Bettes, zog die Beine an und barg ihren Körper unter der Decke. Offenbar musste sie sich erst orientieren.

Ingas Blick glitt durch den Raum. Ihr fielen die Bilder von Greifvögeln an den Wänden auf, das Schachspiel, die Kerzen, das Zigarettenpapier und das Chillum.

»Wo ist Daniel?«, wiederholte Stedefreund.

»Weiß nicht«, sagte das Mädchen.

Dann lächelte sie. »›Weiß nicht‹ ist schwarz. *Weiß nicht. Nicht weiß.* Schwarz …«

Sie redete, als sei sie bekifft, und weder Stedefreund noch Inga verstanden sofort, was sie meinte. Egal. Sie hatten keine Zeit für derlei Sperenzchen.

»Wo ist er?«, drängte Inga.

»Weg«, sagte Julia. »Länger schon. Die ganze Nacht.«

»Er hat eine Waffe.«

Stedefreund, der mit zwei Schritten in die Küche zurückgetreten war und dort ein Tütchen Gras gefunden hatte, ergänzte: »Passen Sie auf: Ihr Freund läuft da draußen mit einer Polizeiwaffe herum und bringt Menschen in Gefahr. Und sich selber.«

Julia schwieg betroffen.

»Wenn Sie ihn lieben, dann helfen Sie ihm bitte und sagen Sie uns, wo er ist«, bat Inga.

Julia schien überrascht, aber rettete sich in Trotz. »Er wird seine Gründe haben, wenn er so was macht.« Ihre Füße glitten von der Matratze. Sie stand auf und ging in die Küche, um sich ihre Stiefel anzuziehen.

Inga begriff, dass sie ganz gelassen bleiben musste. »Ja, natürlich hat er einen Grund. Zumindest glaubt er einen zu haben. Er ist wütend und traurig. Und er sucht einen Schuldigen für den Tod seiner Mutter.«

»Die hat sich doch nie gekümmert. War doch alles andere immer wichtiger.« Julia war mit ihren Schuhen beschäftigt. »Die Proteste … das Krebskind. Daniel war denen allen egal.«

Sie klang wütend, und Inga fragte sich, ob sie über ihn oder ihren eigenen Schmerz sprach.

»Da war kein Platz für Daniel«, sagte Julia. »Was soll das ihn also jetzt kümmern, wenn die Alte tot ist?«

»Das stimmt ja so nicht«, sagte Inga. »Er hat seine Mutter geliebt … Trotz allem. Und er liebt sie immer noch.«

Julia stand auf und brachte an Inga vorbei einen Teller zur Spüle. Stedefreund war derweil damit beschäftigt, den Nachbarraum zu durchsuchen. Plötzlich setzte Julia den Teller ab und rannte aus dem Zimmer. Richtung Treppe.

Stedefreund brüllte: »Halt!«, und spurtete ihr hinterher, Inga folgte ihm. Aber Julia war flink und kannte sich in dem Gewirr der Gänge besser aus als die beiden Polizisten. Im Vorbeilaufen fegte sie einen Wäscheständer um, sodass der Stedefreund für eine Sekunde den Weg versperrte.

Sie nahm einen Abzweig nach links, durch einen großen Raum, in dem eine Gruppe Punks zusammenhockte. Unterwegs kreischte sie ihnen zu, sie werde verfolgt. Die Punks sahen Stedefreund und traten ihm in den Weg. Sie waren zu fünft und er allein. Stedefreund sprang zurück, zückte die Dienstmarke, hielt sie in die Luft und wedelte mit der Waffe.

»Okay, okay, ich mach's ungern. Kripo Bremen!« Die Punks begriffen und gingen auf Abstand. »Ich geh da jetzt durch«, zischte er. »Danke!«

Wenige Augenblicke später war er im Hinterhof des Hauses. Umgeben von Mauern, Gängen, Sperrmüll. Nirgends eine Spur von Julia. Er schöpfte angestrengt Luft und fluchte heftig.

Inga tauchte auf.

»Und?«

Sein frustrierter Blick sagte ihr alles. Sie griff zum Mobiltelefon, rief das Büro an. »Wie weit seid ihr mit der Ortung seines Handys?«

Karlsen war dran. Er sagte ihr, das sei so weit eingetütet. »Sehr gut«, rief sie. »Sind gleich unterwegs! Und schick uns Verstärkung!«

Mit einer Kopfbewegung forderte sie Stedefreund zum Rückzug auf. Beide liefen wieder ins Haus.

***

Daniel war mit seinem Volvo unterwegs, als ihn Julias Anruf erreichte.

»Die Bullen waren hier«, sagte sie gehetzt. »Die suchen dich! Die wollen dein Handy orten. Was hast du vor, Daniel? Warum die Waffe?«

Ihre Stimme klang verängstigt.

»Mach dir keine Sorgen«, versuchte er sie zu beruhigen, während er instinktiv den Rückspiegel checkte. »Die ist nur zu meinem Schutz da. Ich muss da nur was Wichtiges klären.«

»Daniel … was hast du vor? Ich will dich nicht verlieren. Bitte …«

»Hey, du sollst aufhören, dir Sorgen zu machen. Es passiert nichts. Ich lieb dich.«

Das tat er wirklich. Obwohl es ihm schwerfiel, das auszusprechen. So wie er Liebe kennengelernt hatte, war sie immer mit Schmerz verbunden gewesen. Mit Schmerz und Verlust. Du sprichst es aus, und es ist, als ob du den Neid der Götter oder bösen Geister oder von weiß der Himmel wem beschwörst. Und dann kommen sie und holen sich, was du liebst. Erst deine kleine Schwester, dann deine Mutter. Obwohl sie sich die schon lange vorher geholt hatten. Zusammen mit Jessies Krankheit.

Trotzdem sagte er die drei Wörter jetzt. Weil er wusste, dass Julia sich danach sehnte, und er betete insgeheim darum, dass der Fluch nicht in Erfüllung ging.

»Ich wart auf dich«, kam es von ihr. Ihre Stimme

klang fest, doch irgendwie verloren. Weit weg. Entsetzlich weit weg. Er spürte, wie es ihm durch die Eingeweide schnitt. Aber er musste tun, was er tat. Das war er sich schuldig. Das war er der Liebe schuldig. Auch der Liebe zu Julia.

Vor ihm tauchte ein offener Laster auf, der Sand transportierte. Er musste das Handy verschwinden lassen. Einer plötzlichen Eingebung folgend kurbelte er die Seitenscheibe runter, beschleunigte behutsam, zog sich halb aus dem Sitz und schleuderte das Telefon über das Dach des Volvos auf die Ladefläche des Lkw. Ein guter Wurf. Mitunter zahlte sich Basketballspielen eben aus. Sollten sie das Teil nur orten, die Arschlöcher. Viel Spaß!

***

Peter Humberth saß wohlig erschöpft im Sessel, nur mit einem Morgenmantel bekleidet, und sah Marion zu, die sich eben vom Liebeslager erhob, mit natürlicher Laszivität das Laken fallen ließ und ihren schlanken bloßen Körper ins Badezimmer bewegte.

Sein Blick glitt von ihrem Gesäß auf die übrigen Trophäen in seinem Jagdhaus. Er war unter Kollegen zu Recht als Nimrod verschrien. Seine Frau hatte ihm oft Unersättlichkeit vorgeworfen. In jeder Hinsicht. Er ging halt gern auf die Pirsch. Jagen hatte für ihn etwas Erotisches. Das Wittern, Sich-Herantasten, Auf-die-Lauer-legen, Zupacken. Die Nähe von Angst, Schmerz und Lust, das Spiel mit Tod und Orgasmus. Die Glut der Anspannung vor dem Triumph. Der köstliche Augenblick der Erfüllung. Der süße Geschmack der Macht. Das Aufbäumen und Zucken des erlegten Wilds.

Er hörte, wie Marion die Duschhähne öffnete. Mit einem leisen Seufzer griff er nach seinem Handy, um zu checken, wer ihn da vorhin hatte belästigen wollen. Er hörte Reinhardts Stimme. Das nervöse Timbre seines Duzfreundes Jörg, die Warnungen, die der Staatsanwalt ihm auf die Mailbox gesprochen hatte.

»Ich bin's, Jörg. Melde dich, Peter. Sandra Vegener ist tot. Sie hat Friedrich umgebracht. Ihr Sohn ist jetzt hinter uns her. Mit einer Waffe! Meld dich! Umgehend … Peter, melde dich, wo steckst du!«

Humberth schaltete ab. Es klang ernst. Erschreckend ernst. Er spürte, wie leise Angst in ihm hochkroch. Doch er wusste auch, dass er Reinhardt jetzt vermutlich nicht erreichte. Wahrscheinlich war es klüger, wenn er gleich den direkten Weg einschlug. Er drückte eine Kurzwahl.

***

Frederike Kawentz hatte gerade die alte Weserschleuse passiert und joggte über das neue Sperrwerk. Sie hielt sich fit. Täglich lief sie mindestens fünftausend Meter, außerdem schwamm sie und spielte Squash. Doch da ihre Position nie unangefochten gewesen war, hatte sie ein Auge darauf, erreichbar zu sein. Sie trug Kopfhörer. Hinter ihr rollte ein Streifenwagen. Reinhardt hatte sie unter Polizeischutz gestellt. Solange Sandra Vegeners Sohn mit der geladenen Waffe einer Hauptkommissarin herumlaufe, erscheine ihm das unumgänglich. Sie fand die Maßnahme ziemlich überflüssig. Wie sollte der Junge überhaupt an sie herankommen? Die Beamten waren ihr lästig.

Humberth hörte sich aufgebracht an. Sie bemühte sich, ruhig zu klingen, war aber eben ein kurzes Stück gesprintet und etwas außer Atem.

»Ja. Ihr Sohn. Ich weiß ...«

Sie verlangsamte und fiel in Schritt.

»Der will seine Mutter rächen«, sagte Humberth erregt. »Und er hat eine Waffe.«

Was war der Mann doch für ein Waschlappen! Eitel, selbstzufrieden und feige. »Jetzt reißen Sie sich zusammen!«, zischte sie. »Ich steh auch auf seiner Liste.«

»Ich sag Ihnen eins ...«, quengelte Humberth, »wenn das alles auffliegt ... ich hab keine Lust, allein den Kopf hinzuhalten.«

Er drohte ihr unverhohlen. Feigheit machte dumm, und feige Leute waren gefährlich.

»Was, glauben Sie, kann ich tun?«

»Lassen Sie sich was einfallen. Sie haben doch andere Mittel und Wege.«

Er versuchte sie unter Druck zu setzen. Offenbar hatte er die Hosen gestrichen voll. Doch sie blieb ganz kühl.

»Lassen Sie Ihr Handy auf Empfang geschaltet, damit ich Sie immer erreichen kann.« Sie kappte die Verbindung.

Dieser erbärmliche Schwachkopf! Sie war von vornherein dagegen gewesen, sich mit ihm einzulassen. Leute, die sich für schlauer hielten, als sie es waren, bargen grundsätzlich ein viel größeres Risiko als andere. Ihre Selbstüberschätzung schlug leicht in Panik um und richtete dann im Zweifelsfall genau den Schaden an, den sie zu vermeiden suchten, getreu dem Prinzip der sich selbst erfüllenden Prophezeiung.

Doch jetzt musste sie erst mal die zwei uniformierten Gesetzeshüter loswerden, die sich wie Kletten an sie geheftet hatten. Ein Rudel ambitionierter Damen an nordischen Gehstöcken kam ihr eben entgegen. Kawentz nutzte die Horde, um sich von dem Streifenwagen abzusetzen. Sobald die Gruppe sie eingeholt hatte, tauchte sie darin ab und begann zu laufen. Die Polizisten konnten ihr Fahrzeug schlecht durch die walkwütigen Ladys pflügen, stiegen irritiert aus und riefen ihr hinterher. Aber Frederike Kawentz war tatsächlich flink und der Asphalt vor den Augen der beiden Beamten wie leer gefegt.

***

»Hast du gewusst, dass Handyfrequenzen die DNA von menschlichen Zellen zerstören?«

»Inga …«

»In anderen Ländern gibt's schon Verbote, dass Kinder mit Handys telefonieren.«

»Inga, bitte …« Aber seine Kollegin hatte sich verbissen. Erst als Karlsen über Funk meldete, Daniels Telefon sei geortet worden, ließ sie von dem leidigen Thema ab.

»Der Junge fährt gerade auf dem Breitenweg nach Südosten …«, meldete seine Stimme.

»Das ist genau vor uns«, sagte Stedefreund zu Inga. »Wir fahren hin!«, rief er.

»Kollegen sind schon dran!«, erklärte Karlsen.

Stedefreund beschleunigte den Mercedes, den sie heute vom Fuhrpark zugeteilt bekommen hatten. Inga langte durch die Seitenscheibe und befestigte das magnetische Blaulicht auf dem Fahrzeugdach. Stedefreund gab Gas.

Keine zwei Minuten später wartete die Ernüchterung auf sie.

»Das glaub ich nicht«, stöhnte Stedefreund nur, als Inga und er ausstiegen. »Ich mach das, warte!«

Vor ihnen blockierte ein Laster die zweispurige Fahrtrichtung der Hochstraße. Davor stand ein Streifenwagen mit wild zuckendem Blaulicht. Fünf Polizisten mit gezückter Waffe nötigten den behäbig wirkenden Fahrer gerade dazu, die Kabine zu verlassen und sich mit gespreizten Armen gegen die Seitenwand des Lasters zu lehnen. Der Mann war um die vierzig, leicht übergewichtig und trug kreischend gelbe Arbeitsmontur.

»Hey, Jungs, hallo! Hallo! Ist das 'n Neunzehnjähriger? Sieht der aus wie ein Neunzehnjähriger?«, rief Stedefreund entnervt und herrschte den Beamten, der im Begriff war, den verdatterten Mann zu filzen, an: »Lass ihn los, wozu verteilen wir Fotos, Mensch!« Er wandte sich zu den anderen. »Okay. Wo ist das Handy?«

Die Streifenbeamten reagierten genauso gereizt. Einer sagte:

»Weißt du, ich verschenk meine Knarre nicht an Kinder. Und wegen deiner Kollegin hüpf ich da nicht in den Müll rein!«

Stedefreund war stinksauer. Die Enttäuschung und das Adrenalin. In zwei Schritten war er bei dem maulenden Polizisten, stieß ihn mit der flachen Hand vor die Brust.

»Deine Sprüche kann ich jetzt grad noch gebrauchen!«

Inga hatte die Szene mitverfolgt. Als sie und Stedefreund wieder ins Fahrzeug stiegen, sagte sie:

»Danke dir für deinen Einsatz!«

»War mir ein Vergnügen«, meinte er, nur noch halb sauer. Er ließ den Wagen an.

Sie seufzte. »Also geht die Suche jetzt weiter.«

»Woher wusste er Bescheid?«

»Von seiner Freundin wahrscheinlich.«

Aus dem Funk drang die Ansage der Streifenpolizisten: »Mann, was für Flaschen! Große Fresse, aber nicht einmal auf die eigene Waffe aufpassen können! K 15 an Zentrale, wir drehen 'ne Runde am Bahnhof …«

Stedefreund warf Inga einen Seitenblick zu. »Vielleicht solltest du dich aus der Sache lieber ganz raushalten.«

»Wie bitte?«

Ihre barsche Reaktion war eindeutig. Trotzdem fasste Stedefreund nach. »Inga«, beschwor er sie. »Diese Frau wollte, dass du dich schuldig fühlst. Deswegen hat sie dich dahin bestellt. Und das hat sie geschafft, oder?«

»Trotzdem möglich, dass sie recht hatte.«

»Dass man sie mit Strahlenwaffen verfolgt hat? Inga, das ist Blödsinn. Das ist ›Star Wars‹.«

»Ich werd sie ernst nehmen, bis das Gegenteil bewiesen ist!«

Stedefreund gab auf. Er kannte ihren Dickkopf. Dagegen kam er nicht an.

»Okay«, sagte er. »Wenn du Gewissheit hast, hörst du dann endlich auf mit deinen Selbstzweifeln?«

Sie schaute ihn fragend an. Er drückte die Kurzwahl seines Handys. Und den Lautsprecher. Es tutete. Dann wurde abgenommen.

»Sven? Nils hier … Ich brauch deine Hilfe.«

»Wann?«

»Gleich, wenn's geht.«

»Komm vorbei.«

»Cool, danke.«

Er unterbrach die Verbindung und sah Inga an. »Das ist ein Freund von mir. Er arbeitet bei RMD-Electronics. In der Rüstungsabteilung. Er wird dir sagen können, ob das alles überhaupt technisch möglich ist, was Sandra Vegener da behauptet hat …«

»Danke.«

Im Vorüberfahren glitt ihr Blick über Großantennen. »Hast du übrigens gesehen, dass unsere Dauerbaustelle, unser tolles neues Revier von lauter Sendemasten umgeben ist?«

»Inga!«

»Hast es also auch gesehen, ja?«

***

Frederike Kawentz fuhr einen schnellen, böse aussehenden Sportwagen. Als sie über den leeren Parkplatz auf dem Dach der Hochgarage an der Space-Park-Plaza kurvte und sich einem schwarzen, fensterlosen Van näherte, empfand sie ihren Flitzer allerdings auf einmal fast als niedlich. Sie hielt ein paar Schritte vor dem düsteren, wuchtigen Kleintransporter an, stieg aus und klopfte an die Seitentür. Sie war noch nicht dazu gekommen, sich umzuziehen, und trug noch immer dasselbe Schweißhemd mit Kapuze, das sie bei ihrem Morgenlauf getragen hatte. Die Sache duldete keinen Aufschub.

Das Innere des Vans war mit Elektronik vollgestopft. Im hinteren Teil, auf einem Drehsessel, saß der hagere Mann, der sie gestern telefonisch von Sandra Vegeners Ableben unterrichtet hatte. Er begrüßte sie mit schmalem Mund, anscheinend leise amüsiert. Sie reichte ihm ein Foto von Peter Humberth.

»Ich will wissen, wo er sich aufhält und mit wem er Kontakt hält.«

Der Hagere musterte das Bild.

»Handynummer?«

Kawentz riss ihm das Bild aus der Hand und drehte es um. Dort war Humberths Nummer notiert. Der Hagere tippte sie in das vor ihm stehende Notebook und gab ein paar Steuerbefehle ein.

»Ist also noch nicht vorbei?«

Sie zuckte die Schultern. Es sollte souverän wirken, aber der Abstand zwischen seiner Frage und ihrer Reaktion geriet zu groß.

»Dr. Gaffinger geht davon aus, dass es vorbei ist«, schob er nach. »Nicht dass das noch Ihren Karrieresprung nach Übersee gefährdet. Seattle, nicht wahr?«

Kawentz reagierte scharf. »Sagen Sie unserem Freund Max Gaffinger, dass er sich keine Sorgen machen muss.«

»Wozu dann diese Aktion?«

Der Hagere deutete auf den Bildschirm seines Laptops, wo der Computer eben Europa heranzoomte. Deutschland. Norddeutschland. Dann ein kleiner See knapp vierzig Kilometer östlich von Bremen, kurz vor Rothenburg.

»Haben Sie ihn?«

Frederike Kawentz spürte, wie erregt sie war. Hoffentlich gab sie nicht zu viel davon nach außen preis. Der hagere Mann nickte bloß. Dann schwenkte er auf seinem Drehsessel herum und fixierte sie. Die unbeantwortete Frage in seinen warmen Reptilienaugen.

»Sandra Vegeners Sohn hat sich zum Rächer seiner Mutter aufgeschwungen«, sagte sie. »Und Humberth ist ein Feigling. Wenn der Junge ihn findet und unter Druck setzt …«

»Wenn der Professor ein Feigling ist, dann gesteht er doch alles. Und alles ist gleich nichts. Also wo liegt das Problem?«

»Der Junge hat eine Waffe. Der scheint zu allem entschlossen.«

»So what?«

Er sah sie reglos an. Kawentz dämmerte, dass sie es hier mit jemandem zu tun hatte, der noch viel mehr innere Arktis ins Feld zu führen verstand als sie. Sie überflog im Kopf kurz noch einmal die kryptische Personalakte des Hageren. Spezialausbildung bei der Bundeswehr. BND. Diverse Auslandseinsätze. Balkan. Libanon. Afghanistan. Auch einige Undercoveraktionen in der Heimat.

Sie schauderte. Höchste Zeit, dass sie sich umzog. Um halb elf war Besprechung.

***

Stedefreund lenkte den Benz auf den weiträumigen, abgezäunten Asphaltparkplatz auf dem Gelände der RMD-Electronics. Die Firma saß in einem lang gestreckten, hell gestrichenen und nahezu fensterlosen Gebäudekomplex, der fünf Stockwerke hoch war und mindestens zweihundert Meter breit. Seine Stimme klang fast bittend.

»Sei nett zu ihm, ja? Er ist ein Freund und tut mir einen Gefallen.«

Inga lächelte süßsauer. »Ja, klar!«

Sie stiegen aus und gingen auf das Tor für Mitarbeiter zu, wo der Sicherheitscheck auf sie wartete. Ein privater Wachmann begleitete sie zur Kantine, wo Sven Kremer sich eben ein frühes Mittagessen gönnte. Er war ähnlich alt wie Stedefreund, kurzhaarig und gelockt. Er trug Schlips unter einem weißen Laborkittel und dazu ein klobiges Brillengestell mit breitem dunklem Rand auf der Nase, wie es in den Sechzigern zeitweise Mode gewesen war und das die ästhetischen Verirrungen dieser Ära besonders krass spiegelte. Fand Inga.

Unlängst hatte ihre Tochter Helen so ein Gestell als »Nerd-Brille« klassifiziert und gleich eine Übersetzung für den englischen Begriff *nerd* geliefert, die irgendwo zwischen manischem Computerfreak, Fachidiot und absolutem Schwachkopf pendelte.

»Sven, darf ich vorstellen: Inga Lürsen, meine Chefin. Sven Kremer.«

»Freut mich«, sagte sie.

»Dito. Wie kann ich Ihnen helfen?

Vierzig Sekunden später schüttelte er belustigt den Kopf. »Bestrahlung? Hier in Bremen?«

Er grinste breit. »Also, Nils, ehrlich. Das hört sich für mich an wie eins dieser Internethorrormärchen über Mikrowellenterror …«

Der Hightech-Mikrowellenherd, der die Fertiggerichte aufwärmte, gab wie aufs Stichwort ein leises »Pling« von sich. Ein Kantinengehilfe öffnete das Teil. Er reichte Sven einen Teller, auf dem sich eine undefinierbare matschige Masse befand, bei der es sich angeblich um eine Quiche handelte. Die beiden Kommissare standen daneben und waren darum bemüht, neutral zu gucken.

»Wollt ihr nichts? Ist total lecker …«

Inga und Stedefreund lehnten dankend ab. Sonderlich appetitlich sah die Mahlzeit nicht mehr aus, die Sven sich da hatte zaubern lassen, aber er schien daran gewöhnt. Sie folgten ihm zur Salatbar.

»Das heißt also, dass das mit diesen Strahlenwaffen alles Humbug ist«, versicherte sich Inga und schenkte Sven Kremer die Art begeistert strahlend-staunende Neugierde, mit der ahnungslose Laien Fachleute bisweilen zum Angeben einladen. Sind die Laien Frauen und die Fachleute Männer, klappt die Einladung meist.

»Nicht nur«, meinte Sven. »Es gibt schon so was. Aber nur im ganz großen Stil.«

»Ist ja unglaublich ...«

Sven überhörte die feine Ironie in Ingas Ton und merkte offenbar nicht, dass ihr Enthusiasmus bloß gespielt war. Er schluckte den Köder.

»Ist aber auch eigentlich kein Geheimnis«, erklärte er stolz. »›Non-lethal weapons‹. Das ist die Zukunft.«

»Wofür?« Das kam von Stedefreund.

Sven war dabei, sich seiner Quiche zu widmen. Noch im Stehen. Offenbar hatte er wirklich Appetit. Aber erst einmal verbrannte er sich die Zunge und kaute anschließend mit offenem Mund, um den Bissen abzukühlen.

»Damit kann man Elektronik außer Gefecht setzen«, sagte er dann. »Das war im Balkan so, im Irak.«

»Und gegen Menschen?«, bohrte Inga. »Kann man die Waffen auch gegen Menschen einsetzen?«

Sven, der sich gerade einen frischen Happen einschob, kaute engagiert.

»Ja, große Aufstände oder, äh ... Geiselnahmen«, er wedelte mit seiner Gabel, »die sind dadurch unblutig zu beenden. Und zwar total unblutig. Das sind einfach nur gebündelte Mikrowellen. Die auf die Flüssigkeit im Körper zielen und diese schlagartig erhitzen. Das sind Schmerzen ...« Er schüttelte den Kopf und rollte die Augen. »Die Leute wollen einfach nur weg. Das sind Wahnsinnseinsatzmöglichkeiten ...« Er schien aufrichtig angetan. »Endlich mal 'ne Waffe, die Leben rettet. Verstehen Sie?«

»Ja. Das ist großartig«, sagte Inga eher trocken. »Also, man muss nur aufpassen, dass sie nicht in falsche Hände gerät.«

Sven sah sie erstaunt an. »Natürlich.«

»Ja, natürlich«, echote sie. »Sag ich ja.«

Offenbar spürte Sven Kremer ihren bitteren Spott nicht. Dafür kriegte Stedefreund ihn umso deutlicher mit. Er wirkte gequält.

»Wie würde man denn feststellen, ob hier jemand bestrahlt wurde?«, fragte Inga.

Sven sah sie verständnislos an. »Wie, ›hier‹? Hier wird nicht einfach so jemand bestrahlt.«

»Ja, klar«, sagte sie. »Ich meine auch nur. Woran *würde* man es erkennen?«

Sven stülpte seine Unterlippe ein wenig vor, wie um die Auswirkungen abzuschätzen.

»Das ist wie Sonnenbrand«, sagte er dann. »Allerhöchstens. Mehr nicht.«

Inga wandte sich zu Stedefreund, der mit einigermaßen verkrampftem Gesicht hinter ihr stand. »Ist ja unglaublich, nicht? So was müssten wir als Handwaffe haben. Was meinst du?« Ohne seine Antwort abzuwarten, drehte sie sich wieder Sven zu. »Gute Arbeit. Da winkt ja der Friedensnobelpreis …«

Mit diesen Worten ging sie ab. Sven sah ihr verdattert hinterher. Stedefreund verzog entschuldigend den Mund.

»So ist sie nicht immer. Danke.«

Er folgte ihr.

Sven, der noch immer mit offenem Mund dastand, fing sich halb und rief ihm nach: »Äh, Nils, denkst du daran, diese Dinger abzugeben …« Er zeigte auf seine Brust. Offenbar meinte er Stedefreunds und Ingas Besucherausweise.

Draußen auf dem Parkplatz war Inga schon unterwegs zum Wagen. Stedefreund hirschte ihr mit langen, wütenden Schritten hinterher, bis er sie einholte.

»Was war das denn gerade?«

»Zum Kotzen war das!«, fauchte sie.

»Hey! Sven ist mein Freund!«

»Ich war doch nett.«

Stedefreund unterdrückte ein wütendes Niesen. »Du hast ihn verarscht.«

»Hast du gehört, wie er über Waffen redet? Als würden die hier Wohltätigkeiten in der Welt verteilen.«

»Nein. Du hast nicht zugehört! ›Non-lethal‹, hat Sven gesagt! Nicht tödlich!«

»Glaubst du im Ernst, die forschen nicht schon längst an tödlichen Versionen?«

Sie waren fast beim Wagen angekommen. Bevor er ihr antworten konnten, meldete sich sein Handy. Er lauschte elektrisiert.

»Okay, wartet. Wir sind gleich da ...«

Inga sah ihn fragend an.

»Daniel«, rief er ihr zu.

»Wo?«

»Du hattest recht. In der Wohnung seiner Eltern. Ist direkt an Karlsen vorbeigelaufen.«

Damit warf er sich auch schon hinters Steuer. Inga fiel in den Sitz. Stedefreund startete den Wagen.

Die Vegeners wohnten in Osterholz, aber nur offiziell, denn das geballte Grauen von Tenever hatte mit dem alten Ortskern wenig gemein. Bis dahin brauchte man normalerweise knapp fünfundzwanzig Minuten, wenn man glatt durchkam und zügig fuhr. Sie kamen glatt durch. Acht Minuten später passierten sie schon die Abfahrt Sebaldsbrück. Zwei Minuten danach stoppte Stedefreund vor einem hohen Apartmentblock in Tenever.

In den Siebzigern war hier eine Großsiedlung entstanden, die das Leitmotiv »Urbanität im Grünen« verfolgte und auf Wohnsilos mit über zwanzig Stockwerken mitten in der Walachei setzte. Doch die Rechnung des »Demonstrativbauvorhabens« war nie aufgegangen. In der Folge standen Hunderte von Wohnungen leer, die Siedlung verkam, und das Ensemble zeigte alle garstigen Facetten sozialer Vernachlässigung und multikulturellen Scheiterns. Bevor die vollends überhandnahmen, besann die Stadt sich und gründete eine Grundstücksgesellschaft, die einen Teil der Klötze abreißen ließ und durch Naturwiesen ersetzte.

Die Wiesen sahen aus wie vor dreißig Jahren. Nur dass hier nun keine Kühe mehr weideten und die Störche wegblieben. Das schoss Inga beiläufig durch den Kopf, während Stedefreund den Benz in die Pirmasenser Straße lenkte und sie sich fragte, was die Vegeners dazu gebracht hatte, ihr Restaurant ausgerechnet am anderen Ende der Stadt zu betreiben. Erschwingliche Wohnungen gab es auch im Nordwesten.

***

Daniel wühlte in den Zeitungsausschnitten, die seine Mutter gesammelt hatte: Dutzende von Berichten über Krebs und Strahlenkrankheiten. Doch das war nicht das, was er suchte.

Durch das abgedunkelte Wohnzimmer ging er zu der Kommode, in der seine Eltern ihre Papiere verwahrten, zog die Schubladen auf, forstete sie hektisch durch und stieß schließlich in der zweiten Lade von unten auf einen hellbraunen Pappordner, der Dossiers über Staatsanwalt Reinhardt, Professor Humberth und Frederike Kawentz enthielt. Mit Bildern und Adressen. Er klemmte sich den

Ordner unter den Arm. Sein Auge fiel auf einen Stapel Fotos. Jessica. Doch da war auch das Bild von ihm und seiner Mutter. Das, auf dem er sie von hinten umschlungen hielt. Beide lächelten. Umgeben von Grün. Es waren glücklichere Tage gewesen. Endlos weit weg.

Sein Daumen glitt hilflos liebkosend über ihr Gesicht. Es dauerte, bis er sich losreißen konnte. Die Wut und die Trauer machten ihn ratlos. Er stolperte in Jessicas Zimmer.

Seine Mutter hatte es nie verändert, und es sah noch immer so aus, als sei Jessie nur kurz fort. Der Raum war in hellen, warmen Tönen gehalten; viel Rosa, Pferde, Puppen, Plüschtiere. Sogar das Bett war noch bezogen. Auf dem Kopfkissen lag Jessicas Lieblingskuscheltier, ein kleiner Eisbär, den Sandra ihr damals aus Berlin mitgebracht hatte. Daniel sackte auf das Bett, nahm den Bären und streichelte ihn. Er erinnerte sich an Jessicas helles Lachen und daran, wie sie gesagt hatte, eigentlich sei sie natürlich schon viel zu alt für Plüschtiere, aber für den Eisbären mache sie eine Ausnahme. »Der ist so allein und braucht ein Zuhause …«

Er roch noch immer nach Jessica. Daniel spürte, wie ihm das Wasser in die Augen schoss.

Draußen vor dem Wohnblock sprangen Inga und Stedefreund aus dem Benz. Karlsen, der auf dem Parkplatz wartete und gerade in eine Schnitte biss, quälte sich aus dem Sitz und begrüßte sie kauend.

»Ist er noch oben?«, fragte Inga.

Karlsen hatte den Mund voll. Er nickte bloß.

»Okay. Du passt da auf!«

Sie eilte hinter Stedefreund ins Gebäude.

Neben Jessicas Bett befanden sich ihre Schätze. Bunt bemalte Bilderrahmen, auch ein alter Lippenstift von Sandra. Daniel betastete die Bilderrahmen, dann schraubte er den Lippenstift auf, führte ihn an den Mund, als könne er Jessie und seine Mutter über diesen Gegenstand, der einmal ihre Lippen berührt hatte, einen Kuss hinterherschicken.

In dem Moment hörte er, wie ein Schlüssel in der Wohnungstür ging. Sein Vater war um diese Zeit immer im Restaurant. Das musste jemand anderes sein. Er schrak hoch.

Stedefreund schob vorsichtig die Tür auf. Die gezogene Waffe beidhändig in Kopfhöhe. Er sicherte. Hinter ihm kam Inga. Der langhaarige, bärtige Hausmeister, der ihnen aufgeschlossen hatte, war neugierig und wollte mitkommen, aber sie drückte ihm die flache Hand auf die Brust. Er solle draußen warten. Sie zog die Tür zu. Stumm und einigermaßen angespannt durchsuchten sie die Wohnung. Doch da war niemand. Nirgends eine Spur von Daniel. Eben, als Stedefreund die Waffe wegsteckte, sah Inga einen Schatten.

»Stedefreund!«, schrie sie.

Zu spät.

In derselben Sekunde sprang Daniel bereits aus dem Fenster und vom Balkon aus auf den drei Meter darunter gelegenen Laubengang, der zum Treppenhaus führte. Stedefreund war sportlich, alert und alles andere als feige, aber dieser wahnwitzige Sprung war ihm denn doch zu riskant. Fluchend rannte er zurück ins Treppenhaus. Dort war der bärtige Hausmeister gerade damit beschäftigt, sich eine Selbstgedrehte anzuzünden. Stedefreund fegte ihn beiseite und rannte Richtung Laubengang.

»Beeil dich!«, brüllte Inga ihm aus dem offenen Fenster zu.

»Ich hab Grippe!«, rief er. Ein galoppierendes Pferdchen brauchte niemand mehr zu peitschen.

Er hörte Daniel die Treppe hinunterhetzen und polterte ihm hinterher. Hoffentlich passte Karlsen auf, aber wie er den kannte, kaute er noch immer verträumt an seiner Schnitte. Und richtig, als er es endlich aus dem Haus schaffte, stand Karlsen entspannt mit Bemme in der Rechten und Kaffeebecher in der Linken neben seinem Auto und guckte natürlich genau in die falsche Richtung. So hatte er Daniel übersehen, der längst in seinem 245er saß und mit laut kreischendem Keilriemen durchstartete.

»Karlsen!«, brüllte Stedefreund. »Schnapp ihn dir!«

Aber Karlsen guckte nur bass erstaunt und auch ein wenig beleidigt, so unsanft aus seiner Vesperpause gerissen zu werden. Stedefreunds Beine flogen. Er war lang und flink. Ein guter Sprinter. Kurz vor dem Abi hatte er mal hundert Meter in knapp unter elf geschafft. Das war zwar eine Weile her, aber trotzdem.

Auf dem Parkplatz standen die Autos dicht an dicht geparkt. Sie bildeten eine Art Engpass, durch die sich der Volvo quetschen musste, und der Gehweg war leicht erhöht. Für zwei Sekunden war Stedefreund auf einer Höhe mit dem roten 245er. Er sah Daniels erschrockenes Gesicht und die Dachreling des Wagens. Jetzt oder nie, dachte er. Dann gab er alles und hechtete.

Manchmal reicht alles einfach nicht. Stedefreund verpasste den Volvo. Dass er dennoch einigermaßen sanft landete, obwohl er sein linkes Knie und die Schulter lädierte, verdankte er dem Müllcontainer, der offen und zum Bersten voll in der Lücke stand und der Abholung harrte.

Inga stand oben im dem abgedunkelten Wohnzimmer und ging Sandra Vegeners Papiere durch. Vor ihren Augen entfalteten sich die gesammelten Erinnerungen an Jessica und die Chronik von Sandras Schicksalsschlag.

»Und?«

»Fast!«

Stedefreund humpelte in den Raum. Er versuchte seine Blessuren tapfer zu vertuschen, aber Eierschalenfragmente zierten noch seinen Kragen. Inga lüpfte die Braue.

»Alles okay?«

»Ja«, entgegnete er genervt.

»Wirklich?« Sie fasste ihm besorgt an die Schulter, zupfte ein Stück Schale fort.

»Ja! Aua.« Er wehrte sie ab. »Jetzt kriegen wir ihn. Karlsen gibt gerade alles durch. Fahrzeug, Kennzeichen …« Er sah sich um. Seine Finger glitten über die Silberfolie, die hinter der schweren Gardine angebracht war, er verzog die Lippen und deutete einen Vogel an. »Und die hatte keinen Schuss?«

Inga schüttelte den Kopf. »Sie hatte Angst vor Strahlen. Deshalb die Folie. Kannst du mal mitkommen? Ich will dir was zeigen …«

Sie ging vor und wies aus dem Fenster von Jessicas Zimmer auf das benachbarte Dach, auf dem sich in unmittelbarer Nähe ein halbes Dutzend Sendeantennen drängelte.

»Hier. Davor hatte sie Angst.«

Die geballte Präsenz beeindruckte sogar den notorisch skeptischen Stedefreund, der eben noch mit einer Art Geigerzähler gespielt hatte, auf den er unterwegs gestoßen war.

»Und guck mal, die Tapete hier …« Unter einem Dreieck abgelösten Papiers kam Alu zum Vorschein. Mit dem Kinn zeigte Inga auf die Papiere, die sie unter dem Arm hielt. »Ich will mir die Unterlagen alle mal in Ruhe angucken. Packst du alles zusammen?«

Damit ließ sie ihn stehen. Stedefreund sah ihr irritiert hinterher. Es kam gelegentlich durchaus vor, dass sie am Einsatzort zu Karlsen ins Auto stieg, um sich von dem in etwas geruhsamerem Tempo irgendwohin bringen zu lassen, aber normalerweise weihte sie ihn vorher ein.

»Hättest du vielleicht die Güte, mir zu sagen, wo du hingehst?«

Sie war bereits in der Tür und wandte sich kurz um. »Zum Frauenarzt …«

Sein Gesicht war ein einziges Fragezeichen. »Was?«

»Sandra Vegener hatte vorgestern einen Termin beim Frauenarzt«, lächelte Inga knapp. »Ist nur so 'ne Ahnung.«

Allein gelassen, griff Stedefreund wieder zu dem putzigen Geigerzähler und lauschte statischen Knackgeräuschen. Spaßeshalber richtete er das Gerät auf die Antennen vor dem Fenster. Und da ertönte plötzlich nicht mehr bloß knisternde Statik, sondern ein helles, singendes Signal. Stedefreunds verspieltes Grinsen erfror.

***

Das war verdammt knapp gewesen. Daniel spürte den Schweiß auf seinen Handflächen. Er war blindlings Richtung Zentrum gefahren. Inzwischen war er sich einigermaßen sicher, dass ihm niemand folgte. Eigentlich hätte er sich auch denken können, dass sie die Wohnung überwachten. Gott sei Dank hatte er die Papiere. Mit all den Adressen.

In dem Moment sah er das Blaulicht im Rückspiegel.

Verflucht. Der Volvo. Sie hatten die Nummer durchgegeben. Natürlich. So viele rote 245er fuhren in Bremen nicht mehr spazieren. Er musste die Karre loswerden. Scheiße. Nun gesellte sich zum ersten Paar Blaulichter noch ein zweites dazu. Die meinten ihn. Keine Minute mehr, und er hatte ein ganzes Rudel Bullen auf den Fersen. Er musste sie abschütteln. Bloß wie?

Er beschleunigte, bog ab. Links vor ihm war eine Hochgarageneinfahrt. Ohne Schlagbaum. Er riss das Steuer herum. Der Volvo schlitterte in das Gebäude. Sekunden später jaulten draußen die Sirenen vorbei. Daniel atmete tief durch und sah sich um. Hier war er vorerst sicher. Seine Hand langte auf den Beifahrersitz. Zu den Dossiers.

***

Als Inga die Praxis der Gynäkologin verließ, war sie stinksauer. Sie nahm sich ein Taxi und fuhr direkt ins Klinikum Mitte zur Gerichtsmedizin. Sie hatte Glück. Die Pathologin war bereits im Dienst. Sie lächelte überrascht, als Inga hereingestürmt kam.

»Inga? Was kann ich für dich tun?«

»Sandra Vegener war schwanger! Und das Kind war missgebildet. Es hätte nicht überlebt. Warum hast du mir das verheimlicht?«

Die Fassade der Gerichtsmedizinerin wurde hart. Hart und arrogant. Sie wusste offenbar sofort, worum es ging, aber sie schwieg und tat so, als sähe sie konzentriert auf die Papiere vor ihr auf dem Untersuchungstisch.

»Vorgestern war sie beim Frauenarzt«, sagte Inga. »Einen Tag später hat sie den Anschlag verübt. Das war keine Schizophrenie. Das war Verzweiflung. Und Wut.

Sie hatte ein todkrankes Baby in ihrem Bauch. Und sie hätte es nicht ertragen, noch mal ein Kind zu verlieren ...«

Die Pathologin sah auf, aber blieb stumm.

»Also«, sagte Inga heftig, »können Strahlen die Missbildung verursacht haben? Gebündelte Mikrowellen zum Beispiel?«

Die andere blockte sie ab. »Inga, bitte ... Hör auf!«

»Klingt doch logisch. Missbildung durch Strahlen ...«

»Blödsinn!« Ein kurzes, verächtliches Auflachen. »Nein! Ehrlich ...«

»Hast du es überprüft?«

»Nein. Aber sie war vierzig. *Das* ist das Risiko!«

Ihr Ton war triumphierend. Der Ton von einer, die es hasst, sich sagen zu lassen, wie sie ihre Arbeit zu machen hat, schon gar von einer, die die größeren Zusammenhänge nicht überblickt. Sie beugte sich kampflustig über den Tisch.

»Ist es nicht viel wichtiger, dass der Junge mit deiner Waffe durch die Gegend rennt?«

Inga fühlte sich von der Pathologin nicht ernst genommen, hintergangen und für dumm verkauft, aber sie sah auch, dass die andere momentan völlig unzugänglich war und die Auseinandersetzung zu nichts führte.

»Ich möchte, dass du das noch mal untersuchst!«

Das war ein klarer, eindeutiger Arbeitsauftrag. Wenn die Pathologin den verweigerte, gab es richtig Ärger. Ingas Blick unterband jedes Widerwort. Dann drehte sie sich um und ging.

Doch sie verstand es nicht. Die Ärztin war normalerweise umsichtig und gewissenhaft. Sie mochte überheblich sein, doch sie war viel zu sehr Profi, um ihr aus reiner Arroganz eine derart wesentliche Information zu unterschlagen. So hatte Inga sie bisher nie erlebt.

Ihr Verhalten musste andere Gründe haben. Weshalb hatte sie ihr Sandras Schwangerschaft bewusst verschwiegen?

***

»Du hast sie verraten!«, schrie Daniel seinen Vater an. »Du hast sie verraten!«

»Was redest du denn da?« Luis Vegener schüttelte verstört den Kopf. »Das hat doch nichts mit Verraten zu tun.«

»Doch! Du hast Geld von 2wave genommen!«

Luis Vegener zögerte. Er hatte getrunken. Normalerweise trank er selten, und schon gar nicht am Nachmittag, aber heute hatte er sich drei Schnäpse genehmigt. Gegen den Schmerz. Weil es anders einfach nicht ging. Dann war sein Sohn ins Lokal gestürmt. Ganz aufgebracht. Mit Sandras Papieren in der Hand.

»Mama hat das alles gewusst! Sie hat es aufgeschrieben! Hier!« Er schwenkte den Pappordner durch die Luft. Knallte ihn auf den Tresen. »Hat sie sich deshalb umgebracht?«

Luis war ihm ausgewichen, hatte sich ein Tablett geschnappt und es hinter den Schanktisch getragen.

»Du ... du bist ja ... vollkommen verrückt«, stotterte er entsetzt.

Daniel sprang auf ihn zu, griff ihn quer über die Theke am Kragen und schrie: »Du hast sie hintergangen! Du hast von ihren Feinden Geld genommen. Stimmt's?«

Luis taumelte zwei Schritte zurück. »Ja! Ja, ich habe Geld genommen! Aber für uns! Für deine Mutter und mich! Für das Haus ... Ein neuer Anfang, verstehst du!«, beschwor er seinen Sohn. »Einer muss doch vernünftig sein ... in dem ganzen Wahnsinn ...«

Er drehte sich um und ging aus dem Schankraum in die Küche. Daniel blieb stehen.

»›Vernünftig‹?« Er setzte seinem Vater nach. »Immer nur vernünftig sein«, höhnte er. »Nichts riskieren. Für nichts gradestehen, ja?« Er hatte ihn eingeholt, hinten in der Ecke, unter den Fotos. Packte ihn wieder am Kragen und schüttelte ihn. »Kein Wunder, dass du die Menschen dein Leben lang immer nur bedient hast ...«

»Sei still!«, sagte Luis. »Es ist meine Tochter, die gestorben ist. Und meine Frau.«

»Und meine Schwester!«, schrie Daniel. »Und meine Mutter!«

»Du tauchst hier auf nach über einem Jahr und spielst dich auf wie der liebe Gott. Wo warst du denn die ganze Zeit?« Luis' Stimme war müde, voller Trauer. »Wo, Daniel?«

Daniel spürte das hilflose Vermissen, das in diesem Wort steckte. Aber er klammerte sich an seinen Zorn. Fegte wütend die Schwingtüren zum Lokal auf, marschierte zur Schublade unter der Registrierkasse. »Wo sind deine Kontoauszüge?«

Sein Vater, der ihm folgte, ging nicht auf die Frage ein. »Du warst nicht der Einzige, der darunter gelitten hat ...«

»Wo?«, schrie Daniel. »Ich brauch deine Kontoauszüge. Gib her, ich brauch Beweise.«

Luis wollte auf ihn zu, ihn umarmen, doch Daniel wehrte ihn heftig ab. Dabei rutschte seine Jacke hoch, und Luis sah, dass er eine Waffe im Hosenbund trug. Er erschrak. Erst in dieser Sekunde schien er zu begreifen, wie weit Daniel sich von ihm entfernt hatte.

Einen Moment lang herrschte Schweigen. Dann sagte Luis: »Es gibt keine Beweise.« Er sah seinen Sohn beschwörend an. »Daniel, sei vernünftig. Lass es, wie es ist. Gegen die kommt keiner an.«

»Du vielleicht nicht.«

»Und du? Willst du die alle umbringen?«

»Wenn's sein muss, ja!«

Daniel drängte sich an ihm vorbei. Luis folgte ihm, rang die Hände. »Und wann ist dann Schluss? 2wave, dieser Gutachter, der Staatsanwalt ...?«

»Die kennen die Wahrheit!«, brüllte Daniel. »Die wissen ganz genau, dass Mama nicht verrückt war.«

»Wie willst du das wissen? Du hast sie nicht erlebt. Wie sie alle wahnsinnig gemacht hat ...« Luis war bitter. Voller Sarkasmus. »›Strahlen‹ ... Und immer nur dann, wenn sie allein war. Da waren keine Strahlen!«

»Hör auf!«, gellte Daniels unterdrücktes Schmerzgeheul.

»Nein.« Luis sah ihn traurig an. »Deine Mutter ... Hat sie sich noch um dich gekümmert?«

»Du sollst aufhören damit!«

Daniel brüllte. Er ertrug die Worte seines Vaters nicht mehr. Sein Oberkörper wand sich vor Wut und Schmerz und Ohnmacht. Er hielt sich die Ohren zu. Aber nun sprach sein Vater, und er hatte nicht vor, aufzuhören, bevor er nicht alles gesagt hatte, was ihm die Seele vergiftete.

»Wie besessen war sie. Immer nur Antennen und Strahlen und Handys und Krebs und ... Aber das alles hat sie nicht umgebracht. Sie ist vom Dach gesprungen. Hörst du, vom Dach ... Sie war krank, sie hat uns im Stich gelassen ...« Luis' Blick ließ den seines Sohnes nicht los. »Glaub mir, Daniel. Sie war verrückt.«

Aber Daniel glaubte ihm nicht. »Nein!« Mit einem einzigen langen Wutschrei stürmte er auf seinen Vater los und stieß ihn zu Boden. Luis fiel auf den Rücken. Kam halb wieder hoch. Sah seinen Sohn bestürzt an.

Daniel war genauso schockiert. Über sich. Und über seinen Vater. »Scheiße. Warum … warum bist du nur …?« Der Rest seines Stammelns ging in Tränen unter. Er sackte in die Knie.

Luis nahm ihn in den Arm. Umklammerte ihn, schluchzte: »Manchmal muss man klein beigeben …«

Doch das war genau das, was Daniel jetzt nicht hören wollte, weil es ihn an all das erinnerte, was ihn von seinem Vater trennte. Er machte sich ruppig los und stieß Luis weg.

»Nur wenn man zu feige ist!« Er richtete sich auf und stellte so auch physisch den Abstand her. »Wo ist dein Handy? Mach schon! Gib mir dein Handy!«

Luis zögerte. Daniel beugte sich vor, zerrte es ihm aus der Tasche, schaltete die Kamera ein und hielt die Linse auf seinen Vater gerichtet.

»Jetzt gib zu, dass du von Mamas Feinden Geld genommen hast … und dass sich Mama deshalb umgebracht hat.«

Luis streckte hilflos den Arm aus. »Nein. Hör doch zu, Junge …«

»Rede!«

Luis hockte da wie ein Häufchen Elend. Rang mit sich. Gab schließlich nach.

»Ich wollte neu anfangen … mit ihr. Dafür wollte ich das Geld … unser Haus …«

»Wie viel hat dir 2wave gezahlt?«

»Ich wollte neu anfangen. Mit deiner Mutter. Vergessen.«

Luis' Hand wanderte schützend vor seinen Kopf. Vielleicht hatte er Angst. Oder es waren nur der Schmerz und die Scham, von seinem eigenen Sohn so gedemütigt zu werden. Doch Daniel blieb unerbittlich. Es ging ihm um die Wahrheit, und der Alte hatte seine Mutter verraten.

»Wie viel!«, kreischte er. »Ich hab dich gefragt, wie viel ...!«

***

Staatsanwalt Reinhardt saß über Akten, als Inga in das geräumige, lichte Büro platzte.

»Was soll das, Jörg?«, konfrontierte sie ihn grußlos. »Wolltest du mir das Ergebnis von Sandra Vegeners Obduktion vorenthalten?«

Reinhardt sah irritiert auf. Sie trat direkt vor seinen Schreibtisch

»Die Schwangerschaft, die Missbildung ... Was spielst du für ein Spiel?«

Er schüttelte wenig erfreut den Kopf, zupfte sich an der Nase, klappte die Akte zu und faltete die Hände.

»Das habe ich kommen sehen. Ich will dir jetzt mal was sagen: Ich halte es für vollkommen falsch, dass du diesen Fall übernommen hast. Ich kenn dich doch ...« Er warf einen raschen, genervten Blick auf seine Uhr. »Schau her. Da ist dieser Selbstmord, den du nicht verhindern konntest, der Junge, der deine Waffe hat ... Du wirst dir selbst die Schuld geben. Vor allem wenn wirklich noch was passiert. Du solltest eigentlich in diesem Fall überhaupt nicht ermitteln.«

»Damit keiner mehr unbequeme Fragen stellt?«

Reinhardt beugte sich vor. »Du kannst doch nicht allen Ernstes diese Frau zu einer Märtyrerin aufbauen! Diese Geschichte mit dem Kind im Bauch, das würde die

Sache in der Öffentlichkeit in eine völlig falsche Richtung emotionalisieren.«

»Und die Missbildung würde die Frage aufwerfen, ob sie nicht vielleicht recht hat mit den Antennen und der Verfolgung durch Strahlenwaffen.«

»Komm, Inga. Du verrennst dich, merkst du das nicht? Die Frau war vierzig. Da ist jede Schwangerschaft ein Risiko. *Du* hattest Sandra Vegener damals zu mir geschickt! *Du* hattest gesagt, sie braucht psychologische Hilfe.«

»Ja, weil sie gerade ihre Tochter verloren hatte. Aber ihr, ihr habt sie sofort eingewiesen.«

»Ich bitte dich.« Reinhardt ließ sich in seinem Sessel zurückfallen. Scheinbar gelassen. »Warum stößt dir das jetzt auf? Warum nicht damals? Da war dir die Frau doch wieder relativ schnell egal, oder?«

Er wusste, dass er damit ihre wunde Stelle traf. Inga ließ die Rückenlehne des Besucherstuhls los, an dem sie sich festgehalten hatte, und trat ans Fenster.

»Außerdem gab es das psychologische Gutachten von Professor Humberth. Vor der Einweisung«, sagte Reinhardt.

»Weil sie 2wave verklagen wollte.«

»Wenn jemand behauptet, er würde von Strahlen verfolgt werden, ist das keine Grundlage für eine Klageerhebung gegen einen Mobilfunkanbieter. Das ist, und da brauche ich noch nicht mal ein Gutachten, ein klares Anzeichen von Verfolgungswahn und Schizophrenie. Sie hatte null Beweise ...« Reinhardts Stimme wurde schärfer. Langsam fand er wieder in die Rolle des Chefs zurück. Oder die des Anklägers vor Gericht. »Sie hat mit Gewalt gedroht. Und sie war laut Humberth extrem suizidgefährdet. Wie wir gesehen haben, hatte er recht! Wir mussten Sandra Vegener vor sich selbst schützen.«

»›RMD-Electronics‹. Sagt dir das was? Mikrowellenwaffen. Strahlen!« Inga ging um den Schreibtisch herum zu Reinhardts Computer und rief die Internetseite von RMD-Electronics auf. Sie las laut vor: »›Anwendungsmöglichkeiten im polizeilichen Alltag‹. Und hier … ›Ausschalten der modernen Autoelektronik mit Mikrowellen. Zum Stoppen von Fahrzeugen bei Entführungen zum Beispiel …‹ Alles clean, alles sauber. Kein Blutvergießen.«

»Und?« Reinhardt lehnte sich zurück.

»Diese Waffen werden hier in Bremen entwickelt!«

»Ja und? Nichts davon ist illegal. Was willst du damit beweisen? Wo ist deine Verbindung zu 2wave?«

Inga holte tief Luft. »Ich will, dass man Sandras Haut auf sonnenbrandähnliche Verletzungen untersucht. Das könnte nämlich beweisen, dass sie mit genau diesen Waffen bestrahlt worden ist.«

»Warum sollte jemand das tun?«

»Sie hatte eine einstweilige Verfügung durchgesetzt. Gegen jede neue Antenne von 2wave. Das ging denen langsam ins Geld. Deshalb wollten sie sie in Misskredit bringen. Sie unglaubwürdig machen …«

»Mit Strahlen?« Langsam ging Reinhardt die Lust auf Spott aus. Das war ihm zu abwegig.

»Ja«, sagte Inga. »Eben weil es verrückt klingt, wenn man so was erzählt. Von plötzlicher Hitze, von Schmerzen ohne erkennbare Ursache. Da erklärt man die Unbequeme für verrückt. Und wer verrückt ist, dem glaubt man nicht. Der ist ungefährlich, selbst wenn er die Wahrheit sagt.«

Reinhardt hatte die Nase voll. Seine Rechte klatschte wütend auf den Schreibtisch.

»Entschuldige, diese Frau hat einen Freund von mir umgebracht! Die *war* verrückt!«

»Sie war völlig verzweifelt.«

Reinhardt sprang auf. Sein freundlicher Ton hatte sich schon vor einer Weile verabschiedet. Nun kam ihm die Souveränität abhanden. »Deine Aufgabe ist es, den durchgeknallten Jüngling aufzuspüren!«, bellte er. »*Das* ist dein Job!«

Inga, der ihre eigene Impulsivität häufiger mal ein Bein stellte, blieb ausnahmsweise ruhig. »Der Junge will seine Mutter rehabilitieren. Wenn es uns gelingt, zu beweisen, dass sie nicht verrückt war, hat er keinen Grund, weiter Amok zu laufen. Auch deshalb will ich eine zweite Obduktion …«

»Das sind doch alles nur Hypothesen!« Reinhardts Stimme schwoll zu wütendem, heiserem Gebrüll an, bevor er sich wieder halbwegs fing und hinter seinen Schreibtisch zurückkehrte. Wegwerfend schüttelte er den Kopf. Sein Mund wurde schmal. »Ich hab Sandra Vegener zur Bestattung freigegeben.«

Inga war völlig entgeistert. »*Was* hast du?«

Reinhardt blieb stumm. Zornig, aber auch ertappt.

»So schnell?«, sagte sie spitz. »Warum denn, Jörg? Wovor hast du Angst?«

Reinhardt schien in schweigendem Trotz zu verharren, doch dann machte er plötzlich eine Kehrtwende. »Okay, okay. Lassen wir sie also noch mal auf ›Sonnenbrand‹ untersuchen. Ich werd das veranlassen. Zufrieden?«

Inga war alles andere als zufrieden, aber da meldete sich ihr Handy. Eine Videobotschaft von Luis Vegener. Sie wunderte sich und spielte sie ab.

Die Aufnahme hatte keine gute Qualität. Aber man

verstand, wer sprach, und sah, dass der Gefilmte blutete. Sie hielt das Bild so, dass Reinhardt mitsehen konnte.

»Jetzt gib zu, dass du von Mamas Feinden Geld genommen hast … und dass sich Mama deshalb umgebracht hat!«

»Nein. Hör doch zu, Junge …«

»Rede!«

»Ich wollte neu anfangen … mit ihr. Dafür wollte ich das Geld … unser Haus …«

»Wie viel hat dir 2wave gezahlt?«

»Ich wollte neu anfangen. Mit deiner Mutter. Vergessen.«

»Wie viel? Ich hab dich gefragt, wie viel!«

»Achtzigtausend.«

»Du bist so erbärmlich!«

Daniels Stimme war voll Trauer und überbordender Wut. Dann folgte noch ein kurzer, scharfer Laut, und der Bildschirm wurde schwarz.

Einen Moment lang herrschte Stille. Inga und Reinhardt sahen sich an. Unsicher. Reinhardt saß starr. Sein Gesicht wirkte fahl.

»Das war kein Schuss, oder?«, sagte Inga, aber es klang eher wie das Pfeifen im Walde. Sie steckte das Handy ein und lief zur Tür. Reinhardt schluckte. Noch immer stocksteif. Dann lockerte er seinen Schlipsknoten, als litte er plötzlich unter Atemnot.

Zwanzig Minuten später stand Inga vor dem Restaurant und rüttelte an der Tür. Das Lokal war abgeschlossen, der Gastraum dunkel. Durchs Glas sah sie niemanden.

Eine junge Frau kam aus dem benachbarten Hauseingang; Inga nutzte die Chance und schlüpfte in den Hausflur. Das Gebäude war ungefähr hundert Jahre alt und hatte einen Hinterhof, der zur rückwärtigen Seite des Restaurants und zur Küche führen musste. Inga hatte Glück. Die Hoftür war nicht abgeschlossen, und die Hintertür des Lokals stand einen schmalen Spalt weit offen.

Zögernd stieß sie die Tür auf. Das Innere war düster. Ihre Augen brauchten einen Moment, um sich an die Lichtverhältnisse zu gewöhnen. In Situationen wie dieser zog sie es vor, Stedefreund an ihrer Seite zu haben. Mit den Bildern von Stumpfsinn und Gewalt blieb zwar jeder hinterher allein, aber immerhin war da dann ein lebender Mensch, der einen im Augenblick der Konfrontation daran erinnerte, dass es noch anderes gab. Jenseits der entsetzlichen Stille.

Sie sah Blut am Boden. Es war nicht viel Blut. Schusswunden bluten nicht immer stark. Die Spur führte in eine kleine Nische. Da entdeckte sie ihn. Er kauerte am Boden und hielt sich ein rot durchnässtes Papierhandtuch vor die Nase. Sie kniete sich zu ihm hin.

»Brauchen Sie einen Arzt?«

»Nein.« Luis wirkte matt, aber völlig klar.

»Wo ist Daniel?«

»Weg.«

»Mit Ihrem Wagen?«

»Ja, mit unserem Lieferwagen.«

Inga griff in die Jackentasche und fischte nach ihrem Handy.

»Karlsen? Daniel ist mit dem Lieferwagen des Lokals unterwegs.«

Vegener wälzte sich hoch. Sie fragte ihn: »Wie ist die Nummer?«

»HB S 23. Mit ›Quichotte‹ als Aufschrift.«

Während sie das weitergab, taumelte er in die Küche.

Er flüchtete sich ans Schneidebrett und malträtierte einen großen frischen Tintenfisch. Inga betrachtete ihn. Ein kleiner Mann, fleißig, umgänglich und bemüht, nirgendwo unnötig anzuecken, sich an die Regeln zu halten, alles richtig zu machen, dem das Leben eine Serie böser Streiche gespielt hatte, durch die alles in heillose Unordnung geraten war. Nun klammerte er sich verzweifelt an die einzige Struktur, die ihm noch blieb: seine Arbeit, das Restaurant, die Vorbereitung des Abends. Obschon das gar keinen Sinn mehr ergab, denn das, wofür er sich abrackerte, war die Familie gewesen, und die war jetzt zerstört, so gründlich zerstört wie nur irgendetwas.

Er bemerkte ihren Blick. Ließ langsam das Messer fahren und fing an zu weinen.

»Ich weiß nicht … Weiß nicht mehr, was richtig ist. Scheiße, ich war doch nicht der Einzige, der Geld genommen hat. Haben doch alle damals. Alle.«

Inga nickte. »Wer hat Sie denn im Auftrag von 2wave angesprochen?«

»Eine Frau Kawentz.« Er stieß sich müde von der Arbeitsplatte ab, griff nach einem Handtuch und ging ans andere Ende des Raums. »Sie hatten gesagt, sie wollen nur helfen. Einfach nur helfen.«

»Und was wollte 2wave dafür?«

»Dass sie nach der Klinik nicht wieder anfängt. Mit Flugblättern, Demos organisieren. Verklagen, irgendwo anketten.« Er schüttelte müde den Kopf. »Ich hab's versucht. Sandra ist dahintergekommen. Da wollte sie nicht mehr in das neue Haus. Wollt's nicht mal mehr sehen …« Er stierte vor sich hin. »Die ersten Tage nach der Klinik, die waren so schön. Als wenn alles wieder gut werden könnte.« Er sah ratlos auf. »Wenn sie verrückt war, dann ... dann muss man ihr doch verzeihen, nicht wahr?«

»Sie war nicht verrückt«, sagte Inga. Sie war vor ihn getreten, stand ihm nun direkt gegenüber.

Luis Vegener spürte offenbar ihren unterschwelligen Vorwurf, den Vorwurf, der genauso an sie selbst ging. Das bittere bessere Wissen danach.

»Hätt ich das merken müssen?«, sagte er zitternd. »Ja? Mein Gott. Ich bin doch kein Psychologe.« Seine Stimme war gebrochen, wurde leiser, erstarb. »Wir waren mal eine richtig gute Familie. Richtig gut.« Er wandte sich ab und taumelte aus der Küche.

Inga sah ihm nach. Sie fühlte sich wie erschlagen.

***

Nach der Dusche fühlte sich Peter Humberth besser. Kein Mensch wusste, wo er momentan steckte. Sandra Vegeners Sohn lief zwar mit einer geladenen Waffe herum, aber er würde kaum in einer versteckten Jagdhütte westlich von Rothenburg nach ihm suchen. Solange alle Welt ihn in Dänemark wähnte, war er hier sicher.

Humberth wischte das Kondenswasser vom Spiegel, musterte seinen Bauchansatz, spannte die Brustmuskulatur an und frottierte sein Glied. Die wohlige Wärme des Badezimmers machte ihn angenehm müde, er verspürte leisen Appetit und fing an, sich auf die Lachssteaks zu freuen, die in der Küche auftauten. Er zupfte an der Haut über den Wangenknochen, fand, dass sie noch einigermaßen straff saß, und bleckte die Zähne. Dann schlüpfte er in den Morgenmantel, griff noch einmal zum Handtuch, rieb es sich über den Nacken und trat aus dem Bad. In dem Moment schellte das Telefon.

Marion, die mit dem Rücken zu ihm stand und gerade ihr Haar richtete, tänzelte verspielt zur Station. Humberth erschrak. Panik flackerte in ihm auf.

»Nein! Nicht!«, rief er.

Aber da hatte sie bereits abgenommen. »Hallo?«

Bevor irgendwer antworten konnte, hatte Humberth ihr den Hörer aus der Hand gerissen und aufgelegt.

»Was ist denn plötzlich los mit dir?« Marion sah ihn verwundert an, provozierend amüsiert.

Er kniff die Lippen zusammen und mied ihren Blick. »Das hätte meine Frau sein können.«

»Du bist doch in Kopenhagen. Warum sollte deine Frau hier anrufen?« Sie küsste ihn.

Marion hatte keine Ahnung, und er wollte sich nicht die Blöße geben, ihr zu verraten, was ihn tatsächlich beunruhigte. Immerhin hätte es wirklich seine Frau sein können. Vermutlich war sie es sogar. Gelegentlich kontrollierte Katja ihn. Das war ärgerlich, zumal sie ihn bereits ein paarmal fast überführt hatte und ihn dafür gewiss wieder mit spitzen Bemerkungen traktierte. Aber es war auch nicht absolut auszuschließen, dass Sandra Vegeners Sohn die Nummer der Jagdhütte doch irgendwie in die Finger bekommen hatte. Dann wusste er jetzt, dass sich hier jemand aufhielt, zählte eins und eins zusammen, und die abgelegene, einsame Örtlichkeit, die ihn eben noch geschützt hatte, wurde zur Falle.

Humberth wehrte Marions Kuss zwar nicht ab, aber ließ ihn eher über sich ergehen. Sein Appetit auf den Lachs war verflogen.

Im beschaulichen Horn-Lehe legte Katja Humberth langsam den Hörer auf. Sie starrte hinaus in den Garten, doch sie hatte momentan keinen Sinn für die geschmackvoll angeordnete Idylle. Wie konnte ein habilitierter Psychiater nur so entsetzlich kalkulierbar sein? Bildete er sich tatsächlich ein, sie bekäme seine ewigen Eskapaden nicht mit? Etwas mehr Phantasie hatte sie schon verdient.

»Einfallsloses Arschloch«, murmelte sie halblaut.

Sie trat zur schwarzen Vitrine, wo das Bild des Nimrods sie anlachte, das Porträt, auf dem er als akademischer Rambo mit Schrotflinte posierte, das Bild, das zeigte, wie der waidkundige Gutachter sich selbst gern sah. Diesmal jedoch hielt sie keine stumme Zwiesprache mehr damit, sondern fegte es mit einem kurzen, harten Schlag zu Boden. Die drei übrigen gerahmten Fotos, die danebenstanden, wischte sie gleich mit weg. Es schepperte hell, als sie aufschlugen.

Die Welle von Wut und Enttäuschung, die sie überrollte, war so heftig, dass sie sich auf der Vitrine abstützen musste. Da ertönte der Doppelgong der Haustürklingel. Sie riss sich zusammen und ging öffnen. Im Eingang stand der junge Mann, dessen Fahndungsfoto der Kommissar ihr vorhin gezeigt hatte. Jung sah er aus, jung und schüchtern und genauso harmlos wie auf dem Bild.

»Hallo«, sagte sie abwartend.

»Guten Tag. Professor Humberth hat mich herbestellt. Er braucht wichtige Unterlagen …«

Der Junge wies auf eine braune Mappe, die er unter den Arm geklemmt hielt. Gut macht er das, dachte sie. Hätte dieser lange, leptosome Kripomensch mich nicht gewarnt, wäre ich ihm jetzt bestimmt auf den Leim gegangen. Sie lächelte.

»Kommen Sie doch rein …«

***

Nicht jeder muss gleich nach Damaskus gehen, um sich vom Saulus zum Paulus zu wandeln. Bei manchen reicht auch das Internet.

Stedefreund saß im Büro am Computer. Während er mit Inga telefonierte, parkte er eine selbst bespielte DVD im Computer. Beschriftet mit »RDM«.

»Ja, die Kollegen haben seinen Wagen im Parkhaus gefunden … Ja, war ihm wohl klar, dass wir danach fahnden. Nee. Ich fange gerade erst an …«

Auf dem Monitor war inzwischen ein gelber Styroporkopf zu erkennen, an dessen Schläfe ein Handy angebracht war. Eine Stimme erklärte dazu in amerikanischem Englisch, dass es RMD-Electronics gelungen sei, eine neue effektive Waffe herzustellen, die es den alliierten Kräften in einem Konflikt erlaube, ein Mobiltelefon als Waffe einzusetzen. Die Multiplizierung seiner Mikrowellen würde viele der feindlichen Nutzer elektronischer Kommunikation zerstören. Was mit den feindlichen Nutzern geschah, demonstrierte das Bild. Der gelbe Kopf begann plötzlich an der Schläfe zu rauchen. Dann fraß sich rasend schnell ein konisches Schmelzloch ins Innere.

Stedefreund hatte einem Freund vor nicht allzu langer Zeit geholfen, dessen Dachgeschoss zu dämmen. Dabei hatten sie auch Hartschaumplatten aus Styropor benutzt. Er wusste, wie viel Hitze man aufwenden musste, um solches Material zu zerschneiden. Er glotzte auf den Bildschirm. Die Temperaturen, die die gebündelten Mirkowellen dort produzierten, mussten horrend hoch sein.

***

Die Verwaltung des Mobilfunkanbieters 2wave befand sich an der August-Bebel-Allee in der Vahr, nicht allzu weit vom Polizeipräsidium entfernt, und war in einem hohen, glatten Glaskasten untergebracht, der alle Insignien moderner Macht trug. Die Streifenkollegen hatten sie benachrichtigt. Frederike Kawentz sei wieder aufgetaucht. Inga fand, es wurde höchste Zeit, mit der Frau zu reden.

»Ich hab nun mal mein Pensum. Das zieh ich durch.« Frederike Kawentz war augenscheinlich wenig begeistert, die Hauptkommissarin zu sehen, zumal die ohne vorherige Anmeldung direkt in ihr Büro geplatzt war. Immerhin bequemte sie sich dazu, aufzustehen. Im Vorbeigehen stellte sie den Monitor ab, der das blaue 2wave-Firmenlogo absonderte.

»Sie haben sich unserem Schutz entzogen und den Beamten nicht gesagt, wo Sie hingehen«, sagte Inga.

»Ich hatte keinen Schutz verlangt. Und ich habe keine Angst«, erwiderte Frederike Kawentz knapp. Sie trat Inga am Ende des lang gezogenen Tisches gegenüber, der den mit Licht durchfluteten Raum beherrschte. »Kann ich noch was für Sie tun?«

Inga ließ sich Zeit und sah sich um. Fenster reihte sich an Fenster. Zweiundzwanzigster Stock. Von hier oben hatte man einen erhabenen Blick über alles.

»Ja.« Sie wandte sich wieder der Managerin zu. »Es heißt, 2wave habe Schweigegeld bezahlt. Also Sie!«

Kawentz schwieg. Inga setzte nach. »Schweigegeld an die Menschen, die mit Sandra Vegener so vehement gegen die Aufstellung neuer Antennen protestiert hatten …«

Kawentz, die vor der Brust Papiere hielt, die auf Inga wie ein Schutzschild wirkten, ging an der anderen Seite des Tisches zurück zu einem der Computerarbeitsplätze. »Sie gehen davon aus, dass wir damit unsere Schuld eingestanden haben, nicht wahr? Die Schuld an den drei Leukämiefällen …«

»Haben Sie das?«

Frederike Kawentz suchte etwas, wurde fündig, kam zurück und drückte es Inga in die Hand. Eine farbige Broschüre. »Hier, das sind Lena und Robin vor einem Jahr … Leukämie. Und jetzt, jetzt gehen sie schon wieder zur Schule.«

Inga blickte auf die Fotos des Mädchens und des Jungen, die sie zusammen mit Jessica auf den Aufnahmen in Sandras Wohnung gesehen hatte. Kahlköpfig, als kleine Chemo-Greise. Und lachend, mit vollem Haarschopf. Sie blätterte weiter. Dort fanden sich mehr bunte Bilder vom humanitären Engagement des Mobilfunkanbieters.

»Hübsch«, kommentierte sie sarkastisch. »Soziales Gewissen in Hochglanz.«

»Ja.« Kawentz ächzte angestrengt. »Tu Gutes und rede darüber …« Sie hatte wieder Platz genommen und gab sich ungemein beschäftigt. »Wir haben geholfen, zwei Leben zu retten! Zwei junge Leben!«

»Und verkaufen das als soziales Engagement.« Inga pausierte kurz. »Haben Sie denn auch das Gutachten von Professor Humberth über Sandra Vegener gekauft?«

Kawentz blieb gelassen, sah sie bloß von oben herab an. Nicht ganz einfach, wenn man selbst sitzt und der andere steht. Doch sie schaffte das kalt lächelnd. »Lohnt es, sich über Sie zu beschweren?«

Inga zuckte mit den Schultern. »Och, ich denke, Sie haben da doch sicher gute Beziehungen …« Sie beugte sich über den Tisch. »In der Zwischenzeit werde ich den

Professor in die Mangel nehmen. Und ich schwöre Ihnen, wenn das Gutachten manipuliert war, dann werde ich das rauskriegen …«

Kawentz klappte ihren Aktenordner zu und gönnte Inga ein zuckersüßes Rauswurflächeln. »Ich begleite Sie nach unten. Ich habe noch zu tun.« Sie erhob sich schwungvoll und führte Inga zur Tür.

»2wave hat mehrfach das Gespräch mit Sandra Vegener gesucht«, sagte sie unterwegs. »Sogar nach ihrer Entlassung aus der Psychiatrie. Sie hat abgelehnt …«

Die beiden hatten den Raum verlassen und bewegten sich auf die Fahrstühle zu. Frederike Kawentz drückte den Rufknopf. »Im Übrigen: 2wave kofinanziert seit den Protesten eine unabhängige staatliche Studie zum Thema Langzeitrisiken durch Mobilfunk. Mit Millionenbeträgen!«

»Und wenn Ihnen die Ergebnisse nicht passen, dann werden sie einfach nicht veröffentlicht. Das ist genau wie damals. Die Studien über Gefahren der Kernenergie. Die wurden von den Betreibern der Kernkraftwerke mitfinanziert. Na ja, hat sich nicht so viel geändert.«

Kawentz fixierte sie ohne sichtliche Regung. »Hauptkommissarin … Ist das der richtige Beruf für Sie? Ich meine, wenn Sie mit Vorverurteilungen arbeiten?«

Inga parierte mit einem genauso süffisanten »Das war jetzt kein Jobangebot, oder?«. Die Fahrstuhltür glitt auf. Inga setzte nach: »Was ist mit den Studien über die Gehirnschädigungen durch Handystrahlen?«

Frederike Kawentz lehnte sich gegen die glänzende spiegelnde Innenwand der Kabine und lächelte spöttisch. »Die Schäden wurden an den Gehirnen von Zebrafinken nachgewiesen. Wie objektiv ist das?«

»Und was ist mit den Schädigungen der menschlichen

DNA durch Mobilfunk? Warum wurden diese Studien nicht veröffentlicht? Weil Sie dann vielleicht Warnaufkleber auf die Handys machen müssten? ›Handytelefonieren kann zu Missbildungen des Embryos führen …‹«

Frederike Kawentz schwieg und bemühte bloß ein souveränes Kopfschütteln.

»Wievielter Monat eigentlich?«, sagte Inga. Es kam ganz beiläufig, aber erwischte Frederike Kawentz unvorbereitet.

»Was?«

»Sie sind doch schwanger, oder?« Inga deutete auf den Bauch der anderen.

Frederike Kawentz ließ sich nichts anmerken. Eine bemerkenswert gut beherrschte Frau, fand Inga. Oder besser: ein fortgeschritten kaltschnäuziges Aas.

Der Fahrstuhl war unten angekommen und der Ausgang in Sicht. Frederike Kawentz blieb stehen. Inga ging weiter. Dann drehte sie sich um.

»Übrigens, Sandra Vegener war auch wieder schwanger. Aber ihr Kind war missgebildet. Es hätte nicht überlebt …«

Sie wartete gar nicht mehr ab, wie ihre Worte wirkten. Beim eigenen Kind wird auch die Härteste weich. Ihr war klar, dass sie Frederike Kawentz getroffen hatte. Denn die war schließlich nur unwesentlich jünger als Sandra Vegener. Die Glastür fiel lautlos hinter Inga zu.

Frederike Kawentz starrte der Hauptkommissarin nach. Mit einem Mal war sie ganz allein und auf etwas Elementares zurückgeworfen, was an ihre tiefsten Ängste rührte, etwas, dem sie ganz und gar ausgeliefert war, das sich trotz all ihrer Macht, all ihrer Triumphe und Erfolge der Kontrolle entzog.

Sie strich sich über ihren Bauch. Tränen stiegen ihr in die Augen. Sie hasste das. Da rettete sie die Durchsage ihrer Sekretärin.

»Professor Humberth bittet um Rückruf.«

***

»Bleib doch bitte hier.«

Humberth versuchte Marion in der Gartentür der Jagdhütte zurückzuhalten.

»Warum soll ich denn nicht joggen gehen?«, wehrte sie sich trotzig.

Er rang die Hände. »Es wird doch schon dunkel.«

»Ja, *Papa.*« Sie lachte ihn aus. »Wenn du solche Skrupel hast, dann betrüg deine Frau nicht.«

Sie löste sich aus seinem Griff und trabte davon. Humberth blickte ihr hilflos hinterher. In dem Moment meldete sich sein Handy. Er beäugte es misstrauisch, bevor er antwortete.

»Ja …?«

»Kawentz. Was ist los?«

»Ich ruf zurück.« Er legte auf, sah ängstlich nach draußen in die einsetzende Dämmerung, verschloss die Tür und zog hektisch die Vorhänge zu. Dann ging er an den Festnetzapparat und wählte Kawentz' Nummer.

»Hören Sie«, sagte er angespannt, »Sie wissen wohl, wo ich bin, nicht wahr? Deshalb sollte ich das Handy eingeschaltet lassen. Aber ich warne Sie. Wenn Sie irgendeine Schweinerei mit mir vorhaben …«

»Was meinen Sie?«

»Der Junge. Sie haben ihn noch immer nicht gestoppt.«

»Machen Sie sich keine Sorgen …«

»Oh doch.« Humberth schob die Vorhänge einen

Spaltbreit beiseite und linste nach draußen. »Ich bin ein Zeuge für Ihre Machenschaften. Aber wenn Sie was vorhaben mit mir ...«

»Ich bitte Sie.«

»Ich habe alle Unterlagen über das Gutachten Vegener in meinem Computer hier.« Er war aufgeregt auf und ab gelaufen, nun ließ er sich vor seinem eingeschalteten Laptop nieder, klickte eine Datei an, und das fragliche Gutachten, überschrieben mit »Vegener, Sandra«, tauchte im milchigen Blauweiß des Monitors auf. »Ich kann das jederzeit ins Netz stellen«, drohte er. »Jederzeit.«

Er kappte die Verbindung und atmete angespannt durch.

***

Während des Gesprächs mit Humberth hatte Frederike Kawentz aus dem Fenster gesehen, hinunter auf Bremen.

Sie hatte ihren Ehrgeiz nie als quälend empfunden. Im Gegenteil. Ehrgeiz war eine wesentliche Voraussetzung für Erfolg. Der Antrieb, um Niederlagen und Nackenschläge wegzustecken, immer wieder Selbstdisziplin zu üben, die nötige Härte gegen sich und andere zu entwickeln. Die Bemerkung der bornierten Hauptkommissarin war ihr an die Nieren gegangen, gewiss, doch die großartige Aussicht half ihr, sich wieder auf das Wesentliche zu fokussieren.

Es gab Starke und Schwache. Menschen, die herrschten, und Menschen, die beherrscht werden wollten. Ein simples, gut funktionierendes Prinzip, solange die Leute begriffen, wo ihr Platz war. Lästig waren nur die, die das nicht einsahen. Leute wie Sandra Vegener, die sich nicht hatte fügen können, oder die pampige Kommissarin, die vorgestrigen Idealen nachlief. Normalerweise fand Kawentz solche zu kurz gekommenen Moralisten bloß lächerlich, doch wenn es diesen Figuren tatsächlich gelang, Sand ins Getriebe zu streuen, musste man sie neutralisieren. Wie Sandra Vegener.

Dummerweise hatte der Ablauf in diesem Fall eine unerfreuliche, kaum vorhersehbare Wendung genommen. Sandra Vegeners Suizid war nicht geplant gewesen. Allerdings hatte der blutige Abgang auch etwas Positives. Er bewies, dass Sandra wirklich nicht zurechnungsfähig gewesen war. Spätestens übermorgen würde sich ohnehin kaum noch jemand an den Vorfall erinnern und keiner mehr wissen, wieso sie überhaupt gesprungen war. Damit war die Sache theoretisch ausgestanden. Von Sandra Vegeners Sohn befürchtete sie nichts Ernsthaftes. Der würde der Polizei früher oder später ins Netz gehen. Bis dahin konnte sie sich auf die ausgezeichneten Sicherheitsvorkehrungen im Gebäude verlassen. Somit war theoretisch alles in bester Ordnung. Wäre da nicht die Paranoia des Professors.

Humberth verlor offenbar gerade die Nerven. Er lief aus der Spur und drohte zu einem echten Problem zu werden. Hysteriker wie er neigten zu Schnellschüssen. Sie musste zügig handeln.

Als sie die Nummer eingab, blieb sie ganz ruhig. Sie brauchte nicht lange zu warten, bis abgenommen wurde. »Es geht um Professor Humberth …«, sagte sie.

***

Stedefreund hatte sich die DVD angesehen und anschließend noch einmal Sven angerufen. Es war dabei zeitweise etwas lauter geworden. Erst hatte Sven abgeblockt und es glatt abgelehnt, weiter über das Thema zu reden. »Schon gar nicht hier in der Firma! Und auch ganz bestimmt nicht bei dir im Präsidium!« Doch dann sagte er ihm, dass er seinen Sohn gleich zum Eishockeytraining begleite. Stedefreund könne dort ja kurz dazustoßen.

Sie trafen sich auf der Zuschauertribüne oberhalb des Eishockeyfelds, wo Kremers achtjähriges Söhnchen gerade mit anderen Wurzelzwergen dem Puck hinterherschlitterte.

Stedefreund hatte seinen Laptop mitgebracht und führte Sven den Handytest mit dem Styropor-Dummy vor.

»Was ist das? Euer Versuchslabor?«

»Wo hast du das her?«

»Was spielen die da? ›Bei Anruf Mord‹ …?«

Sven wich seinem Blick aus. Er sah auf die Eisfläche. »Jetzt lauf, Jakob!«, rief er seinem Sohn zu. Dann sah er Stedefreund an.

»Du weißt, wie es ist …«

»Schlimmer offenbar.«

»Du dürftest das da gar nicht besitzen. Das ist ein Experiment. Das ist gar nicht praktikabel. Braucht viel zu viel Energie. Ist noch lange nicht ausgereift.«

»Was heißt hier ›noch‹? Ich dachte, ›nicht tödlich‹.«

»Was erwartest du, Nils?«, rechtfertigte sich Sven aggressiv. »Ich verdien da gutes Geld. Die Altersversorgung ist weit über dem Durchschnitt. Ja, du kennst den alten Spruch: ›Wenn ich's nicht mache …‹«

»Macht's 'n anderer; ganz genau.«

»Ich hab ein Haus abzuzahlen, ich hab eine Familie zu ernähren …«

»Ja. Das ist okay. Darum geht's gar nicht. Ich frag mich nur …« Stedefreund brach ab. »Vergiss es!«

Unten auf dem Eis wurde das Spiel abgepfiffen. Der Trainer rief die Jungs zusammen. Jakob sah zu seinem Vater hoch. Sven war froh, endlich gehen zu können.

»Ich muss jetzt wirklich los!«

Er machte Anstalten, sich zu trollen.

Stedefreund starrte ernüchtert vor sich hin. Es war einer dieser Momente, in denen Freundschaften zerbrachen. Plötzlich erkannte man, dass etwas Entscheidendes, von dem man glaubte, es verbinde einen mit dem anderen, für den Freund gar nicht entscheidend war. Auf einmal war man allein, selbst wenn der andere noch neben einem saß, und der Freund war einem ganz fremd.

Sven spürte das wohl. Er blieb nach einigen Schritten stehen. Er schien zu zögern und zu überlegen, dann drehte er sich um, kam zurück und hockte sich ächzend neben Stedefreund. Der sah ihn müde fragend an. Sven hob entschuldigend die Augenbrauen, zog eine DVD aus der Jacketttasche und hielt sie ihm hin.

»Guck dir das mal an. Also, wenn diese Frau wirklich bestrahlt worden ist, dann mit so was, nehm ich an.« Er hob die Hände. »Mehr kann ich nicht machen …« Er nickte Stedefreund zu, ließ ihm noch einmal kumpelhaft mitfühlend die Hand auf den Oberschenkel fallen und stand auf.

Kurz darauf sah sich Stedefreund die DVD im Büro an. Es war ein ähnlicher Werbespot wie der, den er auf dem Umweg über eine obskure Kriegsgegnerseite an der Universität von Eugene, Oregon, aus dem Netz gefischt hatte.

Zu sehen waren Parabolantennen, das schlagartige Erblinden einer Frau, auf deren rechtes Auge eine Laserwaffe gerichtet war, sowie Soldaten, vermutlich im Irak.

Die Stimme des Sprechers war dieselbe wie auf dem anderen Clip.

»The 2X5 is a luggage weapon similar to the microwave weapon but without blinding the enemy. This special box comes in the size of an ordinary travel case. It can be used against terrorist activities …«

Stedefreund kaute leer. Sein Englisch war gut genug, um zu verstehen, worum es hier ging. Er wusste nun, dass das, was Sandra Vegener beschrieben hatte, keine schizophrenen Hirngespinste gewesen waren. Es gab Waffen, die genau das taten, was sie behauptet hatte. Diese Waffen waren klein und extrem handlich. Man konnte sie in einem Koffer verstecken. Sie fielen niemandem auf.

***

Erste Nebel krochen über den See. Eine Ente zog durchs Wasser. Im Schilf am Ufer spielte der Wind. Die Dämmerung war schon einigermaßen fortgeschritten, doch noch konnte man Farben erkennen. Die Jagdhütte lag scheinbar verlassen da. Humberth hatte alle Vorhänge so dicht zugezogen, dass kein Licht nach außen drang.

Auf einem Feldweg auf der anderen Seite des Weihers, versteckt von Gebüsch und Bäumen, parkte der bullige schwarze Kleintransporter. Aus einer schmalen Klappe im Dach schob sich ein abgewinkeltes Teleskop, drehte, suchte und verweilte auf der Rückseite des Jagdhauses.

Im Inneren des Vans saß der hagere Mann und überprüfte am Monitor die Funktionen seiner diversen Observationsinstrumente. Die Teleskopvorrichtung war mit einer nachtsichttauglichen Kamera und einem Richtmikrofon bestückt. So bekam er optisch und akustisch alles mit, was sich auf der anderen Seite des Sees tat. Der Anflug eines Lächelns huschte über sein knochiges Gesicht. Eben wollte er sich zurücklehnen, da registrierte das Kameraauge eine Bewegung. Alarmiert schoss er hoch und zoomte heran. Er sah die Umrisse einer Gestalt, die aus dem Schilfdickicht kommend mit großen Schritten durch das Gras setzte und auf die Rückfront des Hauses zulief. Ein scharfer, heller Ton drang an sein Ohr.

Fast mechanisch, ohne die Gestalt auf dem Bildschirm aus den Augen zu lassen, wanderte seine Hand langsam nach rechts. Sie wusste genau, wo zwischen all der Elektronik das Grobwerkzeug lag.

Standardmäßig stattete seine Firma die Mitarbeiter mit der Beretta 80 aus, die eher schwach munitioniert war und als Selbstverteidigungs- oder Sportwaffe galt. Die schindete äußerlich zwar Eindruck, war aber Spielkram, wenn es ernsthaft zur Sache ging. Deshalb trug er sie nur offiziell.

Für diesen Job hatte er sich eine P 2000 besorgt, die Neun-Millimeter-Halbautomatik. Der Schlitten aus Metall verfügte über eine feste Visierung. In die Kimme waren zwei weiße Punkte, ins Balkenkorn ein weißer Punkt zur schnellen Zielerfassung eingelassen. Doch er besaß ohnehin noch den zusätzlichen Laser, den er an der Schiene am Griffstück anbringen konnte.

Die Hardware war solide, vielleicht nicht ganz so gediegen wie eine Glock, aber er war kein Fetischist, zumal das Magazin der Heckler und Koch bloß eine Patrone weniger enthielt. Brauchte man mehr als drei Schuss, war die Sache sowieso versaut. Der entscheidende Vorteil lag in der Verwirrung der Ballistiker. Die allermeisten Polizeiwaffen tummelten sich nur auf dem Schießstand. Ihr Profil war nirgends erfasst. Setzte man eine Jungfrau vom selben Typ ein, trugen sie Trauer.

***

Humberth saß vor dem Computer, als er ein merkwürdig helles Geräusch hörte. Er sprang ans Fenster, schlug die Gardine zurück und lugte hinaus. Eine einsame Ente flog laut schreiend über dem Wasser auf. Mit drei Schritten war er beim Waffenschrank, griff eines seiner Gewehre, lud durch und hielt es im Anschlag. Dann ging er zur Tür und stieß sie auf.

»Marion?«

Seine Stimme war heiser vor Furcht. Er starrte ins Zwielicht, doch er sah sie nirgends. Nur das milchige Blau, das aus dem See zu steigen schien, durchs Ried waberte und sich über das Gras auf ihn zufingerte. Klamme Feuchtigkeit stieg ihm in die Nase. Er spürte, wie ihm ein Schauer den Rücken hinunterlief. Die Stunde des Erlkönigs. Wo blieb sie nur? Spielte sie Spielchen mit ihm? Hatte sie sich hinter einem der Holzstapel versteckt, die neben dem Eingang aufgeschichtet waren? Bestes Kaminholz, Birke und Fichte, auch etwas Buche und Pappel, vom Bauern, der das Wäldchen gegenüber bewirtschaftete. Fünfundvierzig Euro der Festmeter. Sogar fertig gespalten. Ein Spottpreis.

Der Schlag kam von rechts. Er traf ihn mit voller Wucht am Kopf und fegte ihn zu Boden. Aber er blieb bei Bewusstsein und registrierte, wie sein Gewehr beiseiteglitschte. Außer Reichweite. Entsetzt starrte er den Jungen an. Sein Alptraum wurde wahr. Daniel, der irre Sohn der fanatischen Mutter, stand über ihm und hielt eine Waffe auf ihn gerichtet.

»Was wollen Sie?«

»Los!«, brüllte Daniel. »Handy her! Na los! Ihr Handy!«

Humberth, der noch immer seinen Bademantel trug, was er in diesem Augenblick von Herzen verfluchte, denn das Ding ließ ihn sich gegenüber dem Irren nicht nur noch nackter und wehrloser fühlen, gab Daniel zitternd das Gerät. Der suchte die Videofunktion. Das lenkte ihn für einige Sekunden ab.

Humberth nutzte die Chance, fuhr hoch und schlug ihn in den Magen. Der Junge taumelte zurück, stieß gegen einen Holzstapel. Humberth war im selben Moment auf den Beinen.

Hätte er jetzt nachgesetzt, wäre die Sache gewiss anders ausgegangen, zumal er schwerer war als der Neunzehnjährige. Aber alternde Akademiker prügeln sich selten, und Humberth hatte Angst. Er jagte gern, selbst jedoch mit direkter, körperlicher Gewalt konfrontiert zu sein versetzte ihn in wilde Panik.

Er gehorchte seinem Fluchtinstinkt und floh über den Rasen. Aber er trug noch seinen Bademantel, außerdem war er fast dreimal so alt wie Daniel, und der setzte ihm mit der testosterongeschwängerten Energie eines rasenden Neunzehnjährigen nach. Keine zehn Meter, und er hatte ihn eingeholt. Humberth spürte einen heftigen Stoß, stolperte und fiel.

Daniel zielte mit der Waffe auf ihn. »Sie Dreckschwein! Sie kommen hier nicht weg, erst wenn Sie die Wahrheit sagen.«

»Was denn für eine Wahrheit?« Humberth hatte sich umgedreht, stützte sich auf die Ellenbogen und versuchte rückwärts fortzukriechen.

»Was für eine Wahrheit?« Der Junge holte aus und trat

ihn in die Seite. Humberth krampfte sich zusammen und brüllte vor Schmerz.

»Wollen Sie Geld?«, fragte er stöhnend.

»Ich will die Wahrheit wissen. Über meine Mutter, Sandra Vegener. Sie war nicht verrückt.«

Daniel trat wieder zu.

Humberth schrie, dann flehte er: »Hören Sie auf!«

»Die Wahrheit!« Daniel hielt das Handy auf Humberth gerichtet, stieß ihn mit dem Fuß, sodass er in die Kamera blickte. »Die Wahrheit!«

»Schon gut«, wimmerte Humberth.

Er rappelte sich hoch, hoffte im Stillen auf die Rückkehr von Marion. Aber die ließ sich heute viel Zeit. Vermutlich lief sie die große Runde. Es eilte ihm auch sonst keiner zu Hilfe. Die Hütte lag einsam. Da war nur der Junge mit dem Handy. Und die Mündung der Waffe, die direkt auf ihn zeigte.

»Los! Für wen haben Sie gelogen? Für wen? Reden Sie! Was war mit dem Gutachten? War meine Mutter verrückt?«

»Nein. Nein, sie war nicht verrückt ...« Humberth kam schwankend zum Stehen.

»Los, weiter, weiter!«, brüllte der Junge. »Für wen haben Sie gelogen, für wen?«

Humberth erstarrte plötzlich. Sah an Daniel vorbei, den Mund halb offen, Terror im Blick. Dann knallte es. Ein Schuss. Humberths Hände flogen seitwärts in die Luft, er fiel nach hinten und stürzte rücklings ins Gras. Dort lag er mit weit ausgebreiteten Armen und erstaunt geweiteten Augen.

Daniel begriff erst nicht, was geschah. Für einen Augenblick fragte er sich, ob die Waffe in seiner Hand von selbst losgegangen war. Fassungslos glotzte er auf den Mann am Boden. Dass der Professor tot war, sah er sofort. Aber er hatte nicht abgedrückt. Jemand anders musste geschossen haben. Humberth hatte ihn noch gesehen. Deshalb hatte er im letzten Moment so entsetzt an ihm vorbeigeguckt. Der Schütze musste direkt hinter ihm aufgetaucht sein.

Er wandte sich um. Da war niemand. Nur das Haus, die offene Tür und der Vorhang, der noch leise hin und her schwang. Doch die Jagdhütte war keine zwanzig Schritte entfernt. Theoretisch hätte dort jemand verborgen gewesen sein können und die ganze Szene verfolgt haben, um im passenden Augenblick kurz aus dem Sichtschatten zu treten und abzudrücken. So musste es gewesen sein. Aber das würde die Polizei ihm nie glauben. Der große Unbekannte, der in der entscheidenden Sekunde wie aus dem Nichts auftauchte und sofort wieder verschwand, war nicht die Art Erklärung, mit der sich Leute wie die Kriminalkommissarin zufriedengaben.

»Peter!«

Der Schrei einer jungen Frau gellte durch die Dämmerung. Sie stand am Rande des Wegs in Joggingklamotten, starrte entgeistert in seine Richtung, auf die Waffe in seiner Hand und den Toten am Boden. Dann lief sie auf ihn zu.

Daniel drehte sich um und rannte. Er rannte, so schnell es ging, zurück zu dem Waldweg, auf dem er das Auto stehen gelassen hatte, sprang hinein, suchte fieberhaft nach dem Schlüssel. Erst da merkte er, dass er das Handy noch immer in der Hand hielt. Egal. Er startete. Mit durchdrehenden Reifen schoss der Kleintransporter nach vorn und drückte ihn in den Sitz. Nur fort hier!

***

Der Anruf, den Frederike Kawentz erhielt, zauberte ein kleines Lächeln um ihre Mundwinkel. Sie saß in ihrem schwarzen ledernen Drehsessel und blickte stumm lauschend auf die Stadt. Dann kappte sie die Verbindung und stellte den Hörer auf die Station.

»Welch ein Glück!«, sagte sie zu sich selbst. Es hörte sich fast erstaunt an.

***

Stedefreund hatte erst Inga einsammeln müssen. Unterwegs stellte er dann fest, dass der Navigator defekt war, und verfuhr sich erfolgreich auf einem Feldweg. Als sie am Tatort eintrafen, war es längst finster und vom Wäldchen auf der anderen Seite des Sees nur noch tiefe Schwärze auszumachen, deren Horizontlinie sich wie schwach gegen den Nachthimmel absetzte.

Die KTU war lange vor ihnen angerückt und hatte ein paar transportable Halogenstrahler aufgestellt, die die Szenerie um das Jagdhaus herum gespenstisch erhellten. Ein Beamter führte sie zum Fundort des Toten und schlug die Plane zurück, mit der die Leiche zugedeckt worden war. Inga und Stedefreund musterten den Mann. Humberths Muskulatur war erschlafft, und sein Gesichtsausdruck war entspannt und wirkte fast friedlich. Doch das Kinn sackte weg, und die Nase fing bereits an, spitz zu werden.

»Tja, so nah ist Kopenhagen«, sagte Stedefreund nur.

Inga sah ihn kurz an. Dann gingen sie zurück durch die unsichtbare Schneise, die die Leute von der Spurensicherung vom Haus bis zur Leiche geschaffen hatten.

»Meine Waffe?«, fragte sie ihn.

»Gleiches Kaliber jedenfalls.«

In Stedefreunds Linker schwang ein Plastikbeutel. Darin befand sich die leere Patronenhülse, die ihm die Kollegin von der Kriminaltechnik in die Hand gedrückt hatte. Neun mal neunzehn Millimeter. Das Projektil steckte noch in der Brust des Toten.

»Dann sag es auch«, sagte Inga hart. »Es war meine Waffe.«

Ein helles Schluchzen drang vom Haus zu ihnen herüber. Dort saß eine junge Frau in Joggingbekleidung, einen Trenchcoat um die Schultern, und wurde von einem Polizisten getröstet. Inga hielt ihr das Fahndungsfoto von Daniel hin.

»War er das?«

Die junge Frau nickte und starrte auf die Stelle, wo die Leiche von Humberth lag.

»Ja ...«

»Wissen Sie, wo er hin ist?«

»Der ist einfach weg. Einfach weg. Mit einem Wagen.«

»Was für ein Wagen?«, wollte Stedefreund wissen.

»Da stand was drauf ... auf dem Wagen. Ein Lokal, glaub ich ...« Sie senkte den Kopf und versuchte einen aufsteigenden Weinkrampf zu unterdrücken.

***

Daniel weinte in Julias Arm. Sie saßen auf dem Dach des leeren Bürohauses auf dem alten Sofa. Es war windig hier oben, windig und kalt. Aber der Himmel war klar und im Südwesten noch ein letzter Hauch Blau zu erahnen. Über ihnen strahlten die ersten Sterne.

»Die denken jetzt, ich hab's getan«, würgte er verzweifelt. »Der Typ hätte beweisen können, dass alles gelogen war. Jetzt ist er tot.«

Julia streichelte ihn einfach nur und sah ihn an. Er legte seinen Kopf an ihre Schulter wie ein kleiner Junge. »Ich hab eine Scheißangst, Julia.«

»Sie war nicht verrückt«, sagte sie. »Das hat dieser Professor doch zugegeben.«

»Der Scheißprofessor, dieser Feigling. Der hätte doch alles zugegeben!«

Sie nahm sein Gesicht in die Hände und blickte ihm fest in die Augen. »Daniel, ich werde alles tun, um dir zu helfen.«

Sie küsste ihn.

***

Im Präsidium wurde seit geraumer Zeit gebaut. Plastikplanen, Trockenbauschienen und Rigipsplatten blockierten die Büros. Niemand wusste, wie lange die Aktion noch dauern würde. Laut offiziellem Plan war die Sache seit September über die Bühne. »Vermutlich meinen die September 2012«, pflegte Stedefreund zu witzeln. »Oder war es 2013?« Heute Abend allerdings war weder ihm noch Inga nach Scherzen zumute.

»Ich hätte meine Hand ins Feuer gelegt, dass er niemanden umbringt«, sagte sie. »Ich hab mein Gespür verloren. Vielleicht sollte ich meinen Job aufgeben.«

»Inga! Das ist absoluter Blödsinn. Pass auf …«

Doch bevor er weitersprechen konnte, kam Staatsanwalt Reinhardt aus den Räumen der Mordkommission und ihnen beiden auf dem Gang entgegen.

»Bis später«, sagte Stedefreund zu ihr und drehte ab.

Inga blieb ein paar Meter vor Reinhardt stehen. In ihrem Gesicht arbeitete es. Was jetzt kam, war vermutlich wenig angenehm. Auch Reinhardt verharrte kurz, bevor er auf sie zutrat.

»Wie geht's?«

Seine Stimme klang überraschend mitfühlend. Sie zuckte die Achseln. Traurig und müde.

»Beschissen!«

Er legte ihr den Arm um die Schultern. »Hör mal, wenn du professionelle Hilfe in Anspruch nehmen möchtest … Ich kenn jemanden beim polizeipsychologischen Dienst. Er ist diskret und gut.«

»Willst du mich jetzt auch einweisen? Nur weil ich Sandra Vegeners Aussagen ernst nehme?«

Ihre Stimme klang bitter. Er blieb stehen und sah sie traurig an.

»Ich bin dein Freund!«

Der Graben, den die Debatte vorhin zwischen ihnen aufgerissen hatte, war noch spürbar. Trotzdem schien Reinhardts Anteilnahme echt. Er sah genauso müde aus, wie sie sich fühlte. Vielleicht sollte sie nicht ganz so hart über ihn urteilen. Jeder machte es so wenig falsch, wie er kann. Er hatte bestimmt geglaubt, das weniger Falsche zu tun. Richtig bekam es sowieso keiner hin.

Ihr Nacken war verspannt. Sie sehnte sich nach einem Schaumbad, einem Glas Wein und einem weichen, frisch bezogenen Bett. Dass das vorläufig ein Wunschtraum bleiben würde, begriff sie, als sie die elegante Endvierzigerin registrierte, die auf sie zu warten schien und sie aufmerksam musterte. Das musste die Frau von Humberth sein, die sich persönlich bei ihr nach den ersten Ermittlungsergebnissen erkundigen wollte. Reinhardt kannte sie privat. Er habe ihr die Bitte nicht abschlagen können, erklärte er Inga ganz beiläufig. Normalerweise hätte sie sich über sein unprofessionelles Vorgehen geärgert, doch dafür war sie jetzt zu müde. Außerdem konnte ihr die Frau vielleicht einige der offenen Fragen beantworten.

Sie wirkte ernst, erwartungsvoll, aber auch gefasst und gerade und hatte überraschend scharf und kräftig konturiert geschminkte Lippen.

Sie gingen in ein leeres Büro. Katja Humberth und Reinhardt duzten sich. Sie nahmen beide Platz. Inga zog es vor zu stehen.

»Mein Mann wurde mit Ihrer Waffe erschossen? Stimmt das?« Katja Humberth blieb sachlich, aber behielt Inga scharf im Blick. Ihre stumme Anklage war unüberhörbar.

Inga überging die Frage. »Wussten Sie, dass Ihr Mann hier in Bremen war?«

»Er hat ein Seminar in Kopenhagen, hatte er zu mir gesagt. Das habe ich Ihrem jungen Kollegen bereits mitgeteilt.«

»Das Gutachten über Sandra Vegener –«

Reinhardt fuhr hoch und unterbrach sie. »Menschenskinder, jetzt hör mal auf! Frau Humberth hat gerade ihren Mann verloren.«

Doch die winkte ab, legte den Kopf schräg und fixierte Inga. »Es geht darum, ob mein Mann Gefälligkeitsgutachten erstellt hat, nicht?«

»Hat er?«

»Das weiß ich nicht.«

Inga wusste nicht, ob der leise Sarkasmus, der in ihrem Ton mitschwang, absichtlich oder unwillkürlich war. Einen Moment herrschte Schweigen. Dann schaltete sich Reinhardt ein. »So. Schluss jetzt. Ich bring dich nach Haus.«

Das ging an die Adresse von Katja Humberth. Jörg Reinhardt wohnte auch in Horn-Lehe, am Rand des Botanischen Gartens und keinen Kilometer Luftlinie von der Villa der Humberths entfernt, wo er und seine Frau nach Geburt ihrer Tochter Tanja ein ruhiges Einfamilienhaus bezogen hatten. Somit drängte es sich auf, dass er die frisch Verwitwete heimbrachte.

Inga war entlassen. Sie machte sich auf den Weg zurück zu ihrem Team, während Reinhardt Katja Humberth durch die Baustelle Richtung Fahrstuhl und zum Ausgang geleitete. In diesem Moment brachte eine Beamtin Humberths Geliebte Marion die Treppe hinunter. Sie sah Katja Humberth und stockte. Dann ging sie mit raschen Schritten auf sie zu.

»Es … es tut … mir so leid … Es tut mir so leid …« Die junge Frau blieb vor der Älteren stehen, senkte den Blick und schüttelte unter Tränen den Kopf.

Katja Humberth musterte sie. »Maria?«

Ihre Stimme klang neugierig. Marion sah überrascht auf, und so etwas wie zarte Hoffnung keimte in ihrem Blick. Vielleicht glaubte sie, dass Humberths Frau ihr verzieh. Immerhin hatten sie denselben Mann geliebt, und sie hegte gegenüber der Älteren offenbar keinen Groll. Ganz im Gegenteil. Was sie verband, war der Verlust und die Trauer.

»Marion.« Sie versuchte ein zaghaftes Lächeln und streckte der Witwe die Hand entgegen. Katja Humberth betrachtete die Hand kühl. Sah auf. Und nun begriff das Mädchen, dass deren Frage nichts Versöhnliches gehabt hatte, sondern die Art Neugierde gewesen war, die Insektenforscher für ihre Studienobjekte entwickeln. Scham, Schock und Schmerz holten sie wieder ein, und die Tränen. Sie schluchzte laut auf.

Katja Humberth zog eine Braue hoch. »Wie erbärmlich, jetzt auch noch zu heulen.«

Mit dieser Eisdusche ließ sie die Nebenbuhlerin stehen. Dann ging sie. Aufrecht. Stolz. Unnahbar. Ein starker Abgang. Einer Königin würdig. Der peinlich berührte Reinhardt eilte ihr wie ein saumseliger Lakai hinterher.

In dem Räumen der Mordkommission machten drei Anstreicher Nachtschicht. Ein paar Meter weiter wurde tapfer mit Taxiunternehmen telefoniert, vor Monitoren gebrütet, wurden die Schichtleiter städtischer Verkehrsbetriebe befragt, Bilder von Überwachungskameras ausgewertet, hektisch mehr oder minder behaarte Köpfe gekratzt und gerätselt.

Stedefreund erklärte seinem telefonischen Gesprächspartner eben, er wolle jede Information, die der andere habe, ganz egal, was.

Inga wandte sich derweil an Karlsen. »Und?«

Karlsen kaute. Es wirkte nahezu verzweifelt. »Tut mir leid, Inga. Der Junge ist scheinbar an zehn Orten gleichzeitig.«

Stedefreund kam hinzu. »Humberths Laptop war in der Hütte. Unsere Leute sehen es sich gerade an. Und seine Konten. Vielleicht gibt's eine Verbindung zu 2wave …«

Inga sah ihn verwundert an.

»Ja«, nickte er, als leiste er damit Abbitte für seine vorherige Skepsis. »Ich will wissen, ob dieses Gutachten tatsächlich unabhängig war …« Er holte Luft und schob nach: »Ich bin Sandra Vegeners Unterlagen durchgegangen. Ich hab da was gefunden!«

Er bedeutete ihr, mitzukommen. Erstaunt folgte sie ihm zu einem Monitor. Stedefreund schaltete den Abspielmodus des Videogeräts ein. Wackelige Aufnahmen von Sandra Vegener waren zu sehen. Sie stieg Treppen hinab in das unter ihrer Wohnung gelegene Stockwerk ihres Apartmentblocks.

»11. Juni. Ich hab wieder nicht geschlafen. Die ganze Nacht nicht. Ich werde ihn jetzt zur Rede stellen. Ich weiß ganz genau, dass er mich bestrahlt …«

Sandra war vor der Wohnungstür des Nachbarn angekommen. »Gembel«, stand auf dem Namensschild. Sie klingelte. Ein mittelalter Mann mit Aknenarben öffnete. Er wollte die Tür gleich wieder schließen, aber sie drängte sich dazwischen.

»Warum tun Sie das? Warum quälen Sie mich? Was hab ich Ihnen denn getan?«

»Verschwinden Sie, Sie sind ja verrückt!«

Der Mann wedelte mit der Hand vor der Kamera, aber man konnte trotzdem erkennen, dass die Wohnung voller Elektronik stand und ansonsten nicht eingerichtet war. Er drückte die Tür zu, Sandra schlug dagegen. Das Kameraauge schwenkte hin und her.

»Wissen Sie überhaupt, was das für Schmerzen sind? Was Sie mir antun?«

Dann war nur noch ihr Schluchzen zu hören.

Stedefreund stellte das Gerät ab.

»In Videos vorher berichtet sie von plötzlich auftretender Hitze und unerklärlichen Schmerzen. Kein Arzt hat sie ernst genommen.«

»Wer ist denn der Nachbar?«

»Er ist tot. Rainer Gembel …« Stedefreund zückte eine Akte, schob Inga die Fotos eines völlig demolierten Kleinwagens zu. »Starb bei einem Autounfall. Grade mal zwei Tage, nachdem Sandra Vegener in die Psychiatrie eingewiesen worden war. Schnurgerade Strecke, mildes Wetter. Der Airbag ist während der Fahrt explodiert. Fehler der Elektronik …«

»Was ‘n Zufall«, sagte Inga sarkastisch.

»Ja. Elf Wochen vorher ist er in die Wohnung unter Sandra Vegener eingezogen.«

»Da waren die Proteste auf dem Höhepunkt.«

Stedefreund nickte. »Wir können uns die Wohnung ansehen. Da hat nach ihm keiner mehr gewohnt.«

DREI

Ein kurzes Telefonat hatte geklärt, dass der Hausmeister gegen halb elf Uhr abends anscheinend zu tief ins Glas geguckt hatte, um noch ansprechbar zu sein. Der Besuch von Gembels Wohnung hatte auf den heutigen Morgen verschoben werden müssen. Dafür, dass er vor neun Stunden nur noch hatte lallen können, machte der Hausmeister einen überraschend fitten Eindruck, fand Stedefreund.

»Komischer Typ, der hat immer mit Elektronik und so rumgemacht«, nuschelte der langhaarige Mann, als er die Tür zu Gembels Apartment aufschloss. Eine Zigarette tanzte in seinem Mund. Heute eine mit Filter.

»Gibt's hier Licht?«, fragte Inga.

Draußen war es inzwischen zwar wieder hell, aber Gembel hatte seine Fenster mit dunklen Plastiktüten und Folie abgeklebt. Eine nackte Glühbirne flammte auf. Sie tauchte den Raum in grelles Licht.

»Und was soll das?« Der Hausmeister glotzte ratlos nach oben. Unter der Decke waren mit Kreppband Flächen abgeteilt. In den Flächen befanden sich Buchstaben.

»Sieht aus wie ein Grundriss«, sagte Inga zu Stedefreund. »Weißt du was? Das ist Sandras Wohnung!«

»Wär hilfreich, wenn er sie wirklich bestrahlt hat …«

Der Hausmeister verstand nur Bahnhof und vergaß darüber das Abaschen. Aber das machte nichts. Weder Inga noch Stedefreund interessierten sich sonderlich für den abgetretenen grauen Auslegefilz, der den Boden bedeckte. Sie wussten, dass sie sich jetzt schleunigst um die

Verbindung zwischen dem toten Gutachter Humberth und 2wave kümmern mussten.

***

An diesem Morgen verließ Jörg Reinhardt wie gewohnt gegen kurz vor halb neun das Haus. Doch heute traten zunächst zwei Personenschützer aus der Tür und sicherten das Umfeld. Nach dem zweiten Mord zählte der Staatsanwalt zu den am meisten gefährdeten Personen in der Hansestadt, zumal die Polizei trotz fieberhafter Nachtschicht noch immer keine Spur von dem dringend tatverdächtigen Daniel Vegener hatte.

Aber Reinhardt war nicht nur ein disziplinierter Mann, sondern auch Staatsanwalt aus Überzeugung, obschon er als Strafverteidiger im Zweifelsfall viel mehr hätte verdienen können und es an entsprechenden Angeboten nicht mangelte, denn er zählte keineswegs zu den trostlosen Tröpfen, die sich gerade mal so durch den Assessor quälen, mit Hängen und Würgen das zweite Staatsexamen schaffen, um dann im ruhigen Hafen des Beamtenstatus alle Besserqualifizierten von effektiver Arbeit abzuhalten.

Er wollte Dinge bewegen und ordnete die Justiz in größere Zusammenhänge ein, von denen er meinte, dass sie dem Allgemeinwohl dienten. Im Fall Sandra Vegener hatte er sich eventuell falsch verhalten, obwohl er nach wie vor überzeugt war, die richtigen Prämissen zugrunde gelegt zu haben. Denn bei deren Streit mit 2wave war es nicht zuletzt auch um Standortsicherung und Arbeitsplätze gegangen. Die Rechte einer Einzelnen galt es zu wahren, gewiss, aber der Justiz oblag es zu entscheiden, wo die Interessen einer Einzelnen hinter den Bedürfnissen des Gemeinwesens zurückzutreten hatten. Leider sahen einige der Richterkollegen das anders. Sie hatten den Gesamtkontext nicht erfasst und rein formaljuristisch zugunsten der Klägerin argumentiert, waren Vegeners Beschwerdeführung gefolgt und drauf und dran gewesen, dem wichtigsten Mobilfunkanbieter in Bremen das Aufstellen neuer Sendemasten zu untersagen. Ohne jede Rücksicht auf die wirtschaftspolitischen Folgen für die Stadt. Der Senator war alles andere als begeistert gewesen. Dass Inga Lürsen Sandra Vegener an ihn weiterverwiesen hatte, war ihm da wie eine glückliche Fügung erschienen.

Nach Vegeners einigermaßen bizarrem Auftritt in seinem Büro hatte er Weller kontaktiert und Humberths Namen fallen lassen. Mehr nicht. Weller wusste, welchen Ruf Humberth genoss, hatte den Ball sofort aufgegriffen und von sich aus angeregt, ihn mit einem Gutachten zu betrauen.

Er hatte eine derartig drastische Entwicklung nicht vorausahnen können. Als er später Humberths Evaluation in Händen gehalten hatte, war er überrascht gewesen, welch massive Geschütze der Professor gegen die Vegener auffuhr. Da hatte er sich in der Tat gefragt, ob Humberth nicht etwas dick auftrug. Inzwischen war ihm klar, dass er persönlich nicht unbedingt dazu beigetragen hatte, die Lage der Frau zu entschärfen. Aber im Nachhinein war man immer klüger. Außerdem hatten die Ereignisse Humberths Diagnose aufs Tragischste bestätigt.

Dass eine verzweifelte Frau, die man für verrückt erklärte und einsperrte, möglicherweise erst dadurch verrückt wurde, ging ihm zwar auch durch den Kopf, doch er verbot sich derlei Gedanken sofort. Weller war ein Freund gewesen, Humberth ein sehr guter Bekannter, und die Vorstellung, er könne indirekt den Tod dieser beiden Männer mit verursacht haben, sprengte den Rahmen dessen, was er seiner geistigen Gesundheit an Selbstzerfleischung zumuten wollte. Wie man mit Sandra Vegener verfahren war, war vielleicht nicht ganz astrein gewesen, doch sie hatte es durch ihre penetrante Renitenz herausgefordert und sich letztlich selbst zuzuschreiben. Unterm Strich bestätigten ihr späteres Verhalten und die blutige Tragik der Ereignisse nur die Richtigkeit seiner ursprünglichen Entscheidung.

Er küsste seine Frau. Töchterchen Tanja brachte ihn bis zur wartenden Limousine. Stolz trug sie seine Aktentasche. Tanja war acht und hatte einen Intelligenzquotienten von 132. Er umarmte sie, bevor er einstieg.

Versteckt von den gegenüberliegenden Rhododendren des Parks verfolgten Julia und Daniel die Abschiedsszene.

»Ist er das?«, fragte sie.

»Ja. Staatsanwalt Reinhardt. Das ist der Letzte von denen, der noch lebt. Der weiß ganz sicher, was mit meiner Mutter war.«

Er zog sich auf eine Lichtung hinter dem dichten Gebüsch zurück. Julia folgte ihm.

»Ich weiß nicht, ob das richtig ist«, sagte er zweifelnd.

Sie sah ihn eindringlich an. »Aber das ist die einzige Möglichkeit, deine Unschuld zu beweisen und gleichzeitig die Wahrheit herauszubekommen.« Sie fasste ihn zärtlich mit beiden Händen an den Wangen und blickte ihm in die Augen. »Es wird alles gut werden, wirst schon sehen. Ich versprech's dir.«

Sie umarmte ihn und hielt ihn einen Moment lang ganz fest. Ihr Mut und ihre Zuversicht gaben ihm Kraft.

Keine zwanzig Minuten später betrat Daniel das Foyer des Polizeipräsidiums. Selbst hier wurde gebaut, es herrschte geschäftiges Treiben, und kein Mensch beachtete ihn. Bis er die Arme hob und die Waffe zeigte.

»Mein Name ist Daniel Vegener«, rief er. »Ich bin unschuldig.«

Sofort hielten ein halbes Dutzend Beamte ihre Pistolen schussbereit im Anschlag, auf ihn gerichtet. Drei andere überwältigten ihn, stießen ihn auf die Knie, rissen seine Arme nach hinten und legten ihm Handschellen an. Daniel blieb ganz ruhig.

Kurz darauf saß er im Vernehmungszimmer und wartete. Der Raum hatte keine Fenster. Nur einen großen Einwegspiegel, durch den Inga und Stedefreund ihn beobachteten. Daniel blickte sich um. Er schien ganz gelassen.

»Irgendwas stimmt da nicht«, murmelte Stedefreund.

Inga nickte.

Bis vor ein paar Stunden war der Junge noch zu allem entschlossen gewesen. Er hatte seinen Vater verprügelt und Humberth ausfindig gemacht und vermutlich getötet. Nun sollte er plötzlich klein beigeben? Das passte nicht. Nicht nach dem, was geschehen war.

Die Tür hinter ihnen ging auf, Reinhardt kam herein. Sichtlich besser gelaunt als gestern Abend. Er warf seinen Mantel über einen Stuhl und entledigte sich seines Schals.

»Gute Arbeit. Sehr gut!« Er trat neben die beiden an die Glasscheibe.

»Er hat sich gestellt«, erklärte Inga. »Und er sagt, er war es nicht.«

Stedefreund ergänzte: »Er hat uns Humberths Handy gegeben. Darauf soll der Mord zu sehen sein. Angeblich beweisen die Aufnahmen seine Unschuld.«

»Und?«

»Ich lass das gerade überspielen.«

»Na ja, das werden wir ja sehen.« Reinhardt wandte sich ab. »Wenigstens können wir den Personenschutz abziehen …« Er ging zum Arbeitstisch in der Mitte des Raums. »Woher wusste er denn, dass Humberth hier in seiner Jagdhütte war und nicht in Kopenhagen?«

»Sagt er nicht. Vielleicht Zufall. Vielleicht auch deswegen …« Inga schob Reinhardt den braunen Ordner zu, den Daniel in der Wohnung seiner Eltern gefunden hatte. »Seine Mutter hat jede Menge dokumentiert. Über Professor Humberth. Über den toten Richter. Und … über dich übrigens auch.«

Inga und Reinhardt wechselten einen raschen Blick. Er besah sich die Fotos, die Sandra Vegener gesammelt hatte. Von ihm, von seiner Frau, von Tanja und seinem Haus. Sie musste ihn regelrecht observiert haben.

»Wahnsinn!«, sagte er bloß.

Kurz darauf saß er dem Verdächtigen im Vernehmungsraum gegenüber. Inga stand im hinteren Teil des Zimmers. Stedefreund hatte ihnen die überspielte Aufzeichnung von Humberths letzter Minute hereingereicht. Nun schauten sie sie sich zu dritt an. Die Qualität der Aufnahme war nicht sonderlich gut, das Bild verwackelt, die Auflösung körnig und der Ton miserabel.

»Nein. Nein, sie war nicht verrückt!«

Man sah den Lauf der Waffe auf Humberth gerichtet, sah, wie der Professor langsam wieder hochkam, hörte Daniels erregte Stimme.

»Los, weiter, weiter … Für wen haben Sie gelogen, für wen?«

Humberth verstummte plötzlich. Blickte links an Daniel vorbei. Dann fiel der Schuss.

Reinhardt bemühte die Fernbedienung und stellte die Wiedergabe ab. Er sah Daniel an, der angespannt die Faust vor dem Mund hielt.

»Und was soll das jetzt beweisen?«, ereiferte sich Reinhardt. »Mit der Waffe vor der Nase? Das beweist überhaupt nichts!«

Er klang schrill, fand Inga. Etwas zu schrill. Doch der Junge blieb überraschend ruhig.

»Warum sollte ich den Zeugen für die Lügen über meine Mutter töten? Warum?«

»Weil Sie ganz genau wissen, dass es keine Lügen sind.«

»Sie wissen, dass ich recht habe. Und das werden Sie auch noch zugeben. Das müssen Sie! Ganz sicher.«

Reinhardt schüttelte den Kopf. Versuchte, überlegen zu lächeln. »Sie sind ja total wahnsinnig!«

Er erhob sich.

Daniel Vegener war gerade wieder abgeführt worden, als Stedefreund zu Inga kam. Draußen auf dem Gang eröffnete er ihr, dass Daniel Humberth nicht getötet haben konnte.

»Es ist eine andere Waffe! Sie haben die Projektile miteinander verglichen. Gleiches Kaliber, andere Waffe. Ich hab schon versucht, Reinhardt zu erreichen, aber er ist nicht im Büro.«

Stedefreund gab ihr die Pistole zurück. Sie war noch in Plastik eingetütet, kam frisch aus der Ballistik. Sie sah ihn dankbar an. Er nickte ihr zu, merkte, wie bewegt sie war, spürte aber offenbar auch, dass sie jetzt einen Augenblick allein sein wollte. Ein Tonnengewicht fiel von ihr ab, als sie durch das Chaos der Baustelle ging und auf den Umlaufbalkon hinaustrat.

Inga atmete tief durch. Es tat so gut, die Luft zu spüren. Ihre Instinkte hatten sie doch nicht getrogen. Der Junge war kein Killer. Er war impulsiv und verletzt und in seiner Wut und Verzweiflung fast durchgedreht, aber eben nur fast. Er würde viel Ärger bekommen, doch sein Leben war nicht völlig versaut. Er hatte noch alle Chancen. Und eines Tages würde er sich und seinem Vater vielleicht verzeihen. Das wünschte sie ihm. Ihm und dem Vater.

Und sie? Sie hatte großes Glück gehabt. Sie hatte ihre Waffe zurück, und das Mordwerkzeug hatte keinen Schaden angerichtet. Sie durfte es wieder einstecken, ohne ständig daran denken zu müssen, dass damit ein Mensch getötet worden war.

Was für ein Geschenk! Sie hörte über sich einen Vogel schreien, wandte ihr Gesicht dem Himmel zu und blickte hinauf in die Wolken. Manchmal, in Momenten wie diesen, wenn die Sonne durch das Grau brach und ihre Strahlen sich wie gleißende Fächer über alles legten, hatte sie den Wunsch zu beten. Aus Demut. Oder Dankbarkeit.

Dann sah sie den Greifvogel. Zunächst nur als Silhouette, die über ihr kreiste. Bis er einen Schwenk flog und sie erkannte, dass es ein Falke war. Für eine Sekunde schien er sie anzusehen, bevor ihn eine Böe erfasste und er sich fortgleiten ließ. Mit wenigen kräftigen Flügelschlägen gewann er an Höhe, kreiste ein letztes Mal über ihr und verschwand.

***

Julia sah, wie sich der Personenschützer mit Handschlag von Tanja Reinhardt und deren Mutter verabschiedete. Tanja winkte dem Mann hinterher. Ihre Mutter stand wartend in der Tür, aber die Kleine wollte nicht wieder ins Haus.

»Bitte, Mama, darf ich schaukeln? Ich darf doch wieder raus, hat der Papa gesagt.«

»Also gut, aber pass schön auf.«

Die Mutter zog ihr einen Anorak über, und das Mädchen hüpfte fröhlich davon.

***

Stedefreund fing Inga ab und schleppte sie eilig ins Büro vor eine große Monitorwand. Unterwegs bat er einen Kollegen, den Ausschnitt jetzt laufen zu lassen. Er berichtete ihr in knappen, gehetzten Sätzen.

»Sie haben sich das Video immer nur bis zu dem Schuss angeschaut. Aber es läuft noch weiter. Daniel hatte das Handy nicht ausgeschaltet, als er weggerannt ist …«

Auf den Bildschirmen war das Wirrwarr zu erkennen, bevor der Junge in den Wagen stieg und losfuhr. Doch dabei hatte die Kamera des Handys ein weiteres Fahrzeug erfasst. Einen schwarzen Van, der ein paar Dutzend Schritte hinter dem Kleintransporter des »Quichotte« parkte. Das Nummernschild des Vans war eingerahmt und vergrößert worden. Pixelsalat tanzte über die Monitore. Dann formte sich aus dem Chaos das lesbare Bild eines Bremer Kennzeichens.

»Was ist das für ein Wagen?«

»Ist angemeldet auf die Sicherheitsabteilung von RMD-Electronics. Und jetzt kommt's: Die kümmern sich auch um die Sicherheit von 2wave.«

»Dann will ich den Chef dieser Sicherheitsabteilung hier haben«, sagte Inga. Sie setzte sich in Bewegung.

»Und was die für Waffen angemeldet haben, welches Kaliber.«

»Alles klar. Und was ist mit dieser PR-Frau von 2wave?«

»Frau Kawentz?« Ingas Stimme klang scharf. »Die hätte ich auch gern hier.«

»Die kriegst du!«

***

Tanja schaukelte sachte hin und her. Das Schaukeln war schön, aber sie langweilte sich ein bisschen, so allein. Da rief ihr plötzlich eine freundliche fremde Frau ein »Hallo« zu. Die Frau hatte dunkle Locken wie Mami und tiefblaue Augen wie die gute Fee in der »Schneekönigin«. Sie hielt einen kleinen Stoffvogel zwischen beiden Händen, den sie auf und ab wippen ließ. Als ob er fliegen könnte.

»Hallo!«, sagte Tanja schüchtern.

Die gute Fee lächelte und kam ein winziges Stück näher. Spielte mit dem Plüschvogel. Hielt ihn ihr hin.

»Na, weißt du, was das für ein Tier ist?«

***

Der hagere Mann wurde von einem Beamten in den Vernehmungsraum geführt und setzte sich. Sein knochiges Gesicht zeigte keinerlei Regung, weder Angst noch Nervosität. Stedefreund und Inga musterten ihn durch die Spiegelscheibe.

»Rüdiger Bosbach«, sagte Stedefreund. »Hat die Sicherheitsabteilung von RMD-Electronics vor acht Jahren übernommen.«

»Was haben die für Waffen?«

»Keine mit passendem Kaliber.«

»Was war mit diesem Nachbarn, diesem Gembel?«, fragte Inga. »Gibt's da irgendeine Verbindung zwischen den beiden?«

»Recherche läuft noch.«

»Möchte das gern wissen, bevor ich da reingehe, ja?«

Stedefreund nickte und wollte los. Derweil packte der hagere Mann im Vernehmungsraum Zigaretten aus.

»Irgendwie kommt der mir bekannt vor«, murmelte Inga, wandte sich um und rief Stedefreund hinterher: »Was ist mit der Kawentz?«

»Die ist unterwegs.«

»Lass doch mal das Handy von Humberth überprüfen«, bat sie. »Ob es da eine Verbindung gibt zu ihm.«

Stedefreund machte sich auf den Weg. Karlsen erschien und reichte Inga ein kleines schwarzes Rechteck.

»Hier. Die Kollegen sind endlich mit der Kassette aus dem Tatwagen durch.«

»Dank dir!«

»Für Daniel«, stand darauf. Ingas Lippen sprachen die zwei Wörter nach.

Sie ließ Bosbach Bosbach sein.

Stedefreund würde ohnehin noch brauchen, um zu klären, ob der Mann Kontakt zu Gembel gehabt hatte. Im Zweifelsfall hatte er, und er würde eine einleuchtende Erklärung dafür präsentieren, obwohl nach dem, was ihr Stedefreund über RDMs schöne neue Welt der Strahlenwaffen berichtet hatte, der mysteriöse Airbag-Unfall nun gar nicht mehr so rätselhaft war. RDM produzierte Geräte, mit denen man die Bordelektronik fliegender Flugzeuge lahmlegen konnte. Vom Boden aus. Kaum anzunehmen, dass die Steuerchips eines popeligen Kleinwagens derlei Killertechnik vor eine größere Hürde stellten.

Aber das hatte Zeit. Es würde anstrengend genug werden, die Zusammenhänge zu beweisen. Das Video brannte ihr in der Hand. Die Nachricht von Sandra an Daniel. Die war jetzt wichtiger. Sie würde sie sich ansehen und ihm dann zukommen lassen.

Vierzig Sekunden später blickte sie in das weinende Gesicht von Sandra.

»Ich bin nicht verrückt. Die bestrahlen mich wirklich … Es tut mir nur so leid … dass ich, dass ich dich so hab gehen lassen …«

***

Jörg Reinhardt saß am Schreibtisch über Akten, als sein Handy klingelte. Er kannte die Nummer des Anrufers nicht und war etwas verwirrt, denn normalerweise wurde er im Büro selten übers Handy angerufen.

»Reinhardt.«

»Papa, du sollst endlich die Wahrheit sagen …!«

Es war die Stimme seiner Tochter. Von wessen Telefon rief sie ihn an? Und dieser Satz. War das ein schlechter Scherz? Er musste sich verhört haben.

»Tanja …?«

»Ja. Und du sollst die Wahrheit sagen. Über die Mama vom Daniel …«

Es war kein schlechter Scherz. Vor knapp einer Stunde hatte er selbst den Personenschutz zurückgepfiffen. Eine Eishand packte ihn im Genick.

»Tanja! Wo bist du denn? Tanja!«

Sie musste entführt worden sein! Nur von wem? Vegener saß doch noch.

»Ich kann über die ganze Stadt gucken«, zwitscherte sie.

»Tanja! Wo genau bist … Hallo?«

Die Verbindung war tot. Panik brandete in ihm hoch. Keine ganze Stunde. Sie konnte nicht weit sein. Seine Hand langte nach dem Festnetzapparat. Beim zweiten Klingeln nahm seine Frau ab.

»Reinhardt?« Sie klang normal. Völlig ahnungslos.

»Wo ist Tanja?«

»Draußen. Sie schaukelt …«

»Schau mal nach«, drängte er. »Schau bitte mal nach!«

»Was ist denn?« Angst kroch in ihre Stimme.

»Schau bitte nach!«

Er hörte, wie ihre Absätze über die Fliesen klackten. Nun ist sie an der Tür, dachte er. Öffnet sie, blickt über den Rasen. Zur Sandkiste und zur Schaukel hin. Jetzt muss sie sie sehen. Jetzt muss sie sehen, oder …

»Jörg. Mein Gott«, drang es wimmernd aus dem Hörer. »Was ist denn?«

Er saß da wie gelähmt. Hatte nur die Schaukel vor Augen, die leere Schaukel, die im Wind pendelte.

Die Stimme seiner Frau gellte: »Jörg, wo ist sie?«

Er konnte ihr nicht antworten. Nicht jetzt. Nicht so. Der Telefonhörer war ihm auf die Schulter gerutscht. Mechanisch nahm er ihn und legte auf.

***

Frederike Kawentz war im Präsidium eingetroffen und wartete vor dem Vernehmungsraum. Es wurde Zeit für eine erste Konfrontation. Manchmal ging nach so einer Gegenüberstellung alles ganz schnell. Bei Kawentz und Bosbach hatte Inga da zwar ihre Zweifel, weil beide auf sie wie stahlharte Nüsse wirkten, aber Stedefreund und das Team hatten hervorragende Arbeit geleistet. Sie hatte genug, um Bosbach festzunageln, und der Laptop von Humberth war ausgewertet. Das hatte genügend zutage gefördert, um auch die kaltschnäuzige Kawentz in Erklärungsnot zu bringen. Inga ließ sie hereinführen.

»Ich nehme an, Sie kennen sich«, sagte Inga.

Bosbach saß abgewandt, scheinbar ganz entspannt, mit ausgestreckten Beinen, als ginge ihn das alles gar nichts an. Auch Kawentz blieb absolut cool. Sie setzte sich nicht einmal.

»Worum geht es?«

»Herr Bosbach hier arbeitet für Sie …«

»Und? Für uns arbeiten über achthundert Menschen.«

»Er ist hier, weil er am Tatort war, als Professor Humberth ermordet wurde.«

Bosbach schaltete sich ein. »Was ist los? Wen soll ich ermordet haben?«

Inga ging durch die Akte und legte ihm ein Foto von Humberth vor. Dann schaltete sie den Wandmonitor ein. Er zeigte ein Standbild des Vans, der auf dem Waldweg parkte.

»Das ist Ihr Firmenwagen. Laut Aussage eines Mitarbeiters waren Sie damit zur Tatzeit unterwegs.«

Bosbach spielte mit dem zusammengerollten Rücken eines Streichholzheftchens.

»Ja. Ich gehe da ab und zu joggen.«

»Aha.«

»Aber diesen Professor hab nicht gekannt. Und was hätte ich für ein Motiv?«

»Das Motiv haben andere …«

Sie wandte sich Kawentz zu, die sich inzwischen immerhin dazu bequemt hatte, Platz zu nehmen, und bemüht war, souverän zu wirken. Wobei ihre Körpersprache ähnlich viel Auskunftsbereitschaft signalisierte wie die des hageren Mannes, den sie angeblich nicht kannte.

»Ich nehme mal an, Professor Humberth ist zum Risiko geworden«, sagte Inga. »Er hatte ein falsches Gutachten erstellt, hat Angst bekommen, wollte reden, da mussten Sie handeln. Nur für wen?«

Sie sah Bosbach an. Der verzog gelangweilt das Gesicht.

»Sie glauben doch nicht, dass ich mich zu so einem Schwachsinn äußere.«

Er zündete sich langsam eine Zigarette an. Dabei änderte er seine Körperhaltung, beugte sich vor und verdeckte sein Gesicht. Der Mann war eiskalt und verbarg seine Gefühle hervorragend. Doch nun bekam er anscheinend Angst, wohl auch wegen der Verbindung zu Gembel, die sich da abzuzeichnen begann. Inga war aufgestanden. Sie musterte Bosbachs Spiegelung in der Scheibe.

»Wir sind uns schon mal begegnet, oder?«

***

Die Glocken des Doms läuteten. Der Himmel über Bremen zeigte strahlend blaue Löcher. Es war Reinhardt endlich gelungen, den Oberstaatsanwalt zu fassen zu kriegen, zwischen Tür und Angel, auf dem Weg von einem Gebäudetrakt zum anderen, wo der nächste Termin auf ihn wartete. Reinhardt schilderte ihm seine Lage, hektisch, in Telegrammstil, doch der Oberstaatsanwalt war ohnehin eingeweiht, und als der Untergebene ihn bat, sofort das Sondereinsatzkommando zu mobilisieren, blockte er ab.

»Solange wir nicht wissen, wo die Kleine festgehalten wird? Was wollen Sie dem SEK da sagen? Sie sollen alle Dächer der Stadt absuchen?«

Der Oberstaatsanwalt war ein hochgewachsener, schlanker Typ mit scharf konturiertem Profil, das er selbst für aristokratisch hielt, andere aber eher an einen Geier erinnerte, wozu sein haarloser Schädel, der faltige Hals und die hellen, eng stehenden Augen nicht unerheblich beitrugen.

Reinhardt hatte Mühe, mit ihm Schritt zu halten. Sie erreichten den Trakt, wo die Besprechung stattfinden sollte, und verharrten auf dem Flur.

»Hören Sie«, sagte der Oberstaatsanwalt. »Sie haben diesen Jungen. Nehmen Sie den in die Mangel. Der ist neunzehn Jahre. Den wird man doch zum Reden bringen. Dann können Sie immer noch das SEK einsetzen. Ich bestell die Truppe auf Stand-by. Aber …«, er gönnte Reinhardt einen nachdrücklichen Blick, »denken Sie bitte dran, je größer der Trubel, den Sie in der Sache jetzt entfachen, desto eher die Wahrscheinlichkeit, dass der gesamte Fall dieser Vegener neu aufgerollt wird. Presse, Opposition. Die werden sich draufstürzen. Vielleicht neu recherchieren, fragen. Wer. Was. Wo. Nicht gut.« Die perfekt manikürten Hände des Oberstaatsanwalts schnitten beim Sprechen durch die Luft wie Sicheln. Jeder Satz war ein Hieb, der Reinhardt die Gegenargumente abschnitt.

»Es geht um mein Kind!« Reinhardt schrie fast.

Es machte ihn wahnsinnig, wie distanziert sein Vorgesetzter sich gab. Jemand verließ den Besprechungsraum, sah irritiert zu ihnen herüber. Sofort dämpfte der Oberstaatsanwalt ihn mit einer beschwichtigenden Geste, die ihn daran erinnerte, sich vor Außenstehenden ja nicht allzu sehr gehen zu lassen. Schließlich war man Hanseat und bewahrte in jeder Situation die Contenance. Übertriebene Hitzigkeit schadete nur der Sache.

»Ja, es geht um Ihr Kind«, sagte er. »Und Sie haben meine volle Unterstützung. Aber: Wir sind nicht erpressbar. So funktioniert unser Rechtssystem.«

Er wollte los. Reinhardt begriff. Sein Chef ließ ihn nicht nur im Regen stehen, er schickte ihn in die Traufe. Er war allein. So allein, wie man nur sein kann, wenn man plötzlich merkt, dass man auf verlorenem Posten steht, und einem dämmert, dass es den Offizieren, die einen dorthin geordert haben, völlig egal ist, ob man verreckt, weil sie einen längst abgeschrieben haben.

Bisher war Reinhardt stets ein guter Soldat gewesen. Er war sich nie zu fein gewesen, auch die Drecksarbeit zu erledigen. Weil er an das glaubte, was er tat. Weil er sich sicher war, seine Vorgesetzten wüssten zu würdigen, was er für sie tat.

»Reinhardt?« Die Stimme des Oberstaatsanwalts klang irritiert.

»Das alles jetzt, das ist doch nur, weil ich getan habe, was der Senator …« Reinhardt sprach den Satz nicht zu Ende.

»… angeordnet hat? Oh nein. Der Senator hat nicht angeordnet, ein für 2wave genehmes Gutachten zu erstellen. Oder?«

»Er hat das erwartet. Er wollte das Problem vom Hals haben. Es ging um Arbeitsplätze. 2wave wäre nie in Bremen geblieben, wenn wir damals nicht aktiv geworden wären. Er hat es von mir erwartet …«

Man verletzte die Genfer Konvention nicht eben mal so. Man verletzte sie, weil Kriege zwar am grünen Tisch geplant, aber dort nie gefochten wurden. Und in Schlamm und Staub herrschten andere Regeln als auf dem Kabinettsparkett. Das wussten die hohen Herren. Sie verlangten trotzdem, dass man für sie siegte. Egal, wie.

Doch der Oberstaatsanwalt sah das offenbar anders. Er trat ganz nahe an Reinhardt heran und sagte leise: »Der Herr Senator hat erwartet, dass Sie Ihre Arbeit tun. Und zwar auf dem Boden unserer freiheitlich demokratischen Grundordnung …«

Er krümmte den Zeigefinger zum Haken und tippte Reinhardt damit aufs Revers. Seine Stimme war schneidend, der Blick frostig. »Sie werden uns nicht aus dem Ruder laufen, nicht?«

Das klang schon nicht mehr nach der letzten Warnung. Das war bereits der Todeskuss. Reinhardt blieb zurück. Starrte vor sich hin.

Als trotzigen Versuch, sich einen Rest Würde zu bewahren, wischte er wütend über sein Revers, über die Stelle, die der Oberstaatsanwalt gerade berührt hatte.

***

Inga hatte Frederike Kawentz aus dem Vernehmungsraum geschickt. Dafür hatte sich Stedefreund nun zu ihr gesellt und gegenüber Bosbach platziert. Der hagere Mann gab sich immer noch unbeeindruckt. Inga zeigte ihm Filmaufnahmen einer Demonstration, an der Sandra Vegener teilgenommen hatte.

Der Hagere schaute scheinbar gleichmütig zu. »Ich habe diese Frau nie gesehen.«

Inga stoppte das Band. Startete mit der Fernbedienung den Amateurclip von Sandras Sprung in den Tod. Darauf war auch Bosbach zu erkennen, als er sich gerade abwandte.

»Ach, die ist das? Wenn so etwas passiert, da guckt doch jeder …«

»Hatten Sie den Auftrag, Sandra Vegener zu verfolgen?«

Bosbach verneinte Stedefreunds Frage mit einem Kopfschütteln.

»Sie haben Ihren alten Bekannten Rainer Gembel gebeten, ihr das Leben zur Hölle zu machen«, sagte Inga.

»Ich hatte überhaupt keinen Kontakt zu Gembel.«

Stedefreund sah den Hageren nur genervt an, schniefte und bemühte die Fernbedienung. Sandra Vegener hatte alles Mögliche auf Video festgehalten. Es war eine Mischung aus Gedächtnisprotokoll, Notizbuch und Beweishilfe für sie gewesen. Auf diesem Video war sie Gembel heimlich aus dem Haus gefolgt und hatte dokumentiert, wie er in eine Nebenstraße ging. Dort wartete der schwarze Van. Als Gembel sich umsah, war Sandra zurückgezuckt. Das Bild wackelte. Dann pendelte es sich wieder ein. Man sah, wie Gembel durch die Seitentür in das Fahrzeug stieg und Sekunden später mit einem großen Koffer wieder herauskam. Der Van fuhr ab. Stedefreund stoppte das Video.

»Ihr Wagen am 14. Juni letzten Jahres …« Er zückte zwei Fotos aus der Akte. Legte sie vor Bosbach auf den Tisch. »Und der Koffer: von RMD-Electronics.«

Bosbach sah ihn an und blieb stumm.

»Sandra Vegener hatte mit ihren Aktionen dafür gesorgt, dass der Kurs der 2wave-Aktie zu fallen begann.«

»Wir interessieren uns für Ihren Auftraggeber«, sagte Inga. »Sie sollten kooperieren. Wir haben sehr gute Verbindungen zur Staatsanwaltschaft.«

Bosbach verzog den Mund. »Woher wollen Sie wissen, dass meine nicht besser sind?«

Es blieb einen Moment lang still. Inga erhob sich.

»Wir müssen Ihre Hände und Ihre Kleidung untersuchen. Auf Schmauchspuren.«

»Ich möchte meinen Anwalt sprechen«, sagte Bosbach.

***

Die Klappe der Zellentür wurde geräuschvoll geöffnet. Daniel hockte gegen die Wand gelehnt neben der Matratze und sah zur Tür. Auf das Klappern hin kam er hoch. Ein Justizbeamter ließ Staatsanwalt Reinhardt in die Zelle. Der dankte dem Uniformierten mit einem Kopfnicken und wartete, bis er die Tür von außen wieder schloss. Dann drehte er sich zu Daniel um.

»Wo ist sie? Wo ist meine Tochter?«

Der Junge blickte ihn ruhig an. Schwieg. Reinhardt war kurz davor, innerlich durchzudrehen. Es fiel ihm unendlich schwer, sich zu beherrschen. »Was haben Sie mit ihr gemacht?« Er trat vor Daniel.

»Angst?«, fragte der.

Reinhardt lachte kurz und böse auf. Aber Daniel nahm sich Zeit.

»Meine Mutter hatte auch Angst«, sagte er. »Um ihre Tochter Jessica …« Er sah Reinhardt in die Augen, schob fast nachdenklich hinterher: »Sie ist gestorben.«

Reinhardt war blind für die Trauer des Jungen, er hörte nur die Drohung, und das brachte seine blanken Nerven zum Zerreißen. Er packte den Jungen am Kragen, zerrte ihn zu sich heran, schrie:

»Was soll das heißen, ›gestorben‹?«

Er fing sich, ließ von Daniel ab, stieß ihn wieder weg.

»Wenn Tanja auch nur das Geringste geschieht …«

Daniel war offenbar überrascht von Reinhardts Reaktion, aber nicht aus der Ruhe zu bringen. Er zeigte keine Angst. »Nein, nein«, sagte er leise, fast mitfühlend. »Ihr wird nichts passieren ... Wenn Sie tun, was ich sage ...«

Reinhardt merkte erst in diesem Moment, dass der Junge kein pubertärer Wirrkopf war. Sondern ein echter Gegner. Einer, der es ernst meinte und bereit war, den ganzen Weg zu gehen. Bis zur letzten Konsequenz. Er begriff, dass er es schlicht zu weit getrieben hatte. So wie bei der Mutter. Ihr Sohn gehörte zu der gleichen Sorte Mensch.

Die meisten Leute machen sich klein, wenn man sie nur genügend unter Druck setzt. Sie bekommen Angst und spuren. Aber manche haben ab einem gewissen Punkt keine Angst mehr. Um Angst zu entwickeln, muss man etwas zu verlieren haben. Ist die Hoffnung darauf zerstört, verschwindet auch die Angst. Und wer nichts mehr zu verlieren hat, kann, statt aufzugeben, ebenso gut kämpfen. Um das bisschen, das dann vielleicht noch zählt. Die eigene Würde. Ein sauberer Abgang. Rache.

Jörg Reinhardt hatte in seinem Leben noch nie echte Verzweiflung geschmeckt. Bis zu diesem Tag. Er war in behüteten bürgerlichen Verhältnissen aufgewachsen und hatte die Welt, die ihn geprägt hatte, nie ernstlich in Frage gestellt. Seine Biographie wies keine Brüche auf. Alle Schmerzen, denen er bisher ausgesetzt gewesen war, hatten sich in erträglichem Rahmen gehalten. Der Rest blieb abstrakt. Graue Theorie. Es gab andere Schicksale, sicher. Schicksale aus weniger privilegierten Zusammenhängen, die ihm in Forensikseminaren und Gerichtssälen begegneten. Doch die verstand er nicht wirklich. Die

Motive der Akteure waren ihm immer fremd geblieben, fremd genug, um über sie zu urteilen.

Diese Fremdheit wandelte sich jetzt. Der Junge, der da vor ihm stand, zeigte ihm etwas. In seinen Augen spiegelten sich Ohnmacht, Trauer, Wut und Hass. Dabei wirkten sie fast abgeklärt. Sie schienen ihm zu sagen: Das ist der Ort, an den du jetzt reist. Nun darfst du das Gleiche empfinden wie ich und meine Mutter. Willkommen im Club. Hier ist dein Ticket in die Hölle. Bon voyage.

»Wenn Sie zu ihr wollen …«, sagte er.

Reinhardt wandte sich wortlos ab. Floh zur Zellentür. Klopfte nach dem Schließer. Warf einen letzten Blick zurück. Auf den verlorenen Jungen, der da vor den aseptischen Kacheln stand und dessen schmales Gesicht ihn mit brennenden Augen verfolgte.

***

Bosbach telefonierte vom Vernehmungsraum aus mit seinem Anwalt. Inga war aus dem Zimmer getreten und ließ sich von Karlsen Frederike Kawentz vorführen. Die Dame von 2wave kochte.

»Das ist ein Witz, was Sie hier veranstalten!«

»Ach, so lächerlich ist das nicht.« Inga deutete durch die schalldichte Scheibe auf Bosbach. »Dieser Herr hier leitet die Sicherheitsabteilung von RMD-Electronics. Diese Firma entwickelt Strahlenwaffen. Und Sandra Vegener hat ja immer behauptet, dass sie mit diesen Waffen bestrahlt worden ist …«

»Was gelogen war.« Frederike Kawentz kreuzte die Arme vor der Brust.

»Sie meinen das Gutachten von Professor Humberth«, sagte Inga scharf. »Er hat Sie doch angerufen. Vier Stunden vor seinem Tod. Und dann noch einmal. Vom Festnetz. Kurz bevor er gestorben ist.«

»Er hat mich nur gewarnt. Vor diesem verrückten Jungen …« Kawentz setzte eine entschlossene Miene auf und sich selbst in Bewegung. »Dann kann ich ja jetzt gehen.«

»Moment«, stoppte Inga sie und zitierte die Akten. »2wave hat fünfunddreißigtausend Euro an ihn überwiesen. Für ein Seminar. Ziemlich hohes Honorar. Da steht auch das Datum der Überweisung. Genau vier Tage nach Erstellung des Gutachtens.«

Kawentz verzog angewidert das Gesicht. »Das ist so lächerlich, was Sie sich hier zusammenreimen.«

»Wir haben das Gutachten auf seinem Computer gefunden. Laut Mail-Ausgang wurde genau zeitgleich mit der Versendung an die Staatsanwaltschaft ein Exemplar an Sie persönlich geschickt.«

Stedefreund, der bei Bosbach geblieben war, öffnete die Tür und rief Inga in den Vernehmungsraum.

Frederike Kawentz sah ihr hinterher, bevor sie sich abwandte und nachdenklich aus dem Fenster guckte. Für einen Moment bröckelte ihre Souveränität. Doch sie hatte sich zügig wieder im Griff, und als sie das Handy zückte, war ihre stählerne Fassade makellos restauriert. Sie drückte die Kurzwahl.

»Dr. Gaffinger? Kawentz. Es geht um Ihr Angebot in Seattle …« Er sagte etwas, und ihr Lächeln wurde zuckersüß. »Ja. Ich würde es gerne jetzt schon annehmen.«

***

Reinhardt hatte sich entschieden. Der Oberstaatsanwalt ließ ihm keine andere Wahl. Das Wohl seiner Tochter ging vor. Außerdem hatte der Mann ja damals selbst gesagt: »Denken Sie kreativ. Gewisse Probleme verlangen eben unorthodoxe Lösungen …«

Er hatte offengelassen, was dem Herrn Senator dabei vorschwebte, aber sehr wohl deutlich gemacht, worum es dem obersten Dienstherrn ging. Nachdem die Sache im Sinne des Senators geregelt war, hatte der Vorgesetze ihn sogar gelobt. »Das haben Sie ja durchaus elegant gedeichselt, und Ihr Freund Humberth kommt dabei gewiss auch nicht zu kurz, was? Gut so, mein Lieber! Der Senator sagte mir, ich solle Sie im Auge behalten …«

Nun, das hier war auch eine überaus kreative, unorthodoxe Lösung. Er ging zum Schein auf die Forderungen des Jungen ein. Dafür brachte der ihn im Gegenzug zu Tanja. Dann würde man weitersehen.

Er hielt Daniel am Arm, als sie gemeinsam durch die Gänge des Zellentrakts zur Kontrollschleuse gingen. Eine ziemlich lange Strecke, auf der weder ihm noch Daniel ganz wohl war, weil Reinhardt keine überzeugende Begründung dafür parat hatte, weshalb er den Tatverdächtigen aus dem Gewahrsam holte. Doch sie hatten Glück und begegneten unterwegs niemandem, der dumme Fragen stellte. An der Sperre angekommen, erklärte Reinhardt durch das Sprechloch dem Wachbeamten: »Ist schon in Ordnung. Ich nehm ihn mit. Zum Verhör …«

Der Beamte nickte nur. Er kannte den Staatsanwalt. Es summte kurz, klickte, und die Tür nach draußen war entriegelt. Reinhardt führte den Jungen zu seinem BMW.

***

Im Vernehmungsraum sah Bosbach Inga amüsiert entgegen. Er schien völlig entspannt. Dass er nervös war, verrieten bloß seine Finger, die wieder das kleine Stück Pappe von dem Streichholzbriefchen hin und her rollten. Hin und her. Her und hin.

»Sie wollten doch einen Deal.«

»Also«, erwiderte Inga abwartend. »Wer war Ihr Auftraggeber?«

»Ich kann Ihnen sagen, wer den Professor erschossen hat.«

Sie beugte sich über den Tisch. »Wer?

»Ihre Gegenleistung?«

»Seien Sie froh, wenn Sie aus der Sache rauskommen. Die Kollegen haben in dem Van eine nicht angemeldete HK gefunden.« Stedefreund musste niesen. »Das Kaliber passt. Nach dem, was wir über Ihre Verbindung zu 2wave und Gembel wissen ...«

Bosbachs Kaumuskeln zuckten. »Schon gut«, sagte er dann. »Ich kannte Humberth.«

»Woher?«

Er sah Inga gequält an. »Von einem Foto. Ich hab mich über ihn schlaugemacht.«

»Wer hat Ihnen das Foto gezeigt?«

»Wollen Sie wissen, wer's getan hat, oder nicht?«

»Wie sind Sie überhaupt zu diesem Jagdhaus gekommen?«

»Ich will von Ihnen die Garantie, dass Sie mir wegen dieser Gembel-Sache nichts anhängen.«

»Die können wir Ihnen nicht geben. Außer Sie entlasten sich selbst.«

»Ich hatte nichts damit zu tun.«

»Das werden wir ja sehen«, sagte Inga. »Reden wir über Humberth. Wer hat ihn erschossen?«

***

Stedefreund kannte den Weg. Es war nicht weit vom Präsidium. Nur die Verlängerung der Vahr nach Norden über die Spittaallee, dann kurz rechts und wieder halb rechts in die Marcusallee. Dort hörte er vor sich ein Martinshorn jaulen. Er hoffte inständig, dass es nicht die Kollegen von der Schutzpolizei waren, die mit Lalülala zum Einsatzort preschten. Blaulicht reichte. Heulende Sirenen animierten Tatverdächtige bloß, sich abzusetzen. Aber die Jungs per Funk zurückzupfeifen hatte auch keinen Sinn mehr, weil sie fast da sein mussten. Stedefreund gab Gas und bog nach ungefähr fünfhundert Metern wieder scharf rechts ab. Da sah er schon den Streifenwagen. Direkt vor der Villa. Eben wollte er anfangen, sich richtig zu ärgern, da kam einer der beiden Beamten bereits auf ihn zugetrabt und meldete, irgendwer habe von innen gerade die Haustür aufgestoßen. Stedefreund musste unwillkürlich grinsen, obwohl ihm eigentlich gar nicht danach zumute war. Anscheinend hatte der Alarm in diesem Fall das genaue Gegenteil dessen bewirkt, was er befürchtet hatte. Er bat die Kollegen, zu warten, und trat ins Haus.

Katja Humberth stand im Wohnzimmer, gegen eine der modernistischen Betonsäulen gelehnt, die den Raum zum Garten hin zierten. Sie hielt ein großes Whiskyglas in den Händen. Ihre Wimperntusche war zerlaufen, und ihre Augen waren rot gerändert. Sie hatte ihn offenbar erwartet.

»Es war einfach an der Zeit …« Sie legte den Kopf nach hinten und lächelte traurig durch ihre Tränen hindurch. »Und so eine gute Gelegenheit …« Ein heller, kurzer Schmerzlaut drang aus ihrer Kehle. Wie ein Lachen. Sie verzog den Mund. »Ich dachte, es geht mir besser danach …«

Einer der beiden Uniformierten drängte engagiert ins Wohnzimmer. Der andere wartete im Flur. Stedefreund sagte ihm, es sei alles in Ordnung. »Haltet euch zur Verfügung. Ich brauch hier noch einen Moment.«

Katja Humberth hustete. »Ich darf also austrinken?«

Er nickte. Sie dankte ihm wortlos und trank einen Schluck.

»Und?«

»Nachdem Sie bei mir aufgetaucht waren, fing ich an, mir Sorgen zu machen. Erst versuchte ich ihn in Kopenhagen zu erreichen …« Sie lächelte müde. »Es hätte ja sein können, nicht wahr? Er hat mich nicht immer belogen. Aber er war natürlich nicht dort. Das Seminar, von dem er erzählt hatte, war abgeblasen worden. Da war klar, dass er mich wieder mit irgendeiner seiner Ms betrog …« Sie hielt das Glas vor der Brust und starrte ins Leere. Dann löste sie sich leicht schwankend von der Säule und stakste zum Glastisch, wo eine Flasche Chivas Regal stand und ihre Zigaretten lagen. Sie nahm eine, zündete sie mit zitternden Fingern an und schenkte sich nach.

Stedefreund war darüber wenig begeistert, aber wollte sie in ihrem Redefluss nicht stoppen.

»Also rief ich in der Jagdhütte an«, sagte sie. »Eine junge Frau nahm ab …« Sie saugte so heftig an der Zigarette, dass sich ihre Wangen nach innen zogen. »Gleich darauf wurde aufgelegt. Da wusste ich, wo er steckte …«

Sie umklammerte den Whisky mit beiden Händen. »Eine Minute später schellte es. Da stand der Junge, dessen Foto Sie mir morgens gezeigt hatten, auf einmal in der Tür. Keine Ahnung, woher er die Adresse hatte. Er sagte, er habe wichtige Papiere für meinen Mann …«

Sie pausierte kurz. »Das war für mich wie ein Wink des Himmels.«

»Sie gaben ihm die Adresse und folgten ihm …«

»Ich ließ ihm ein paar Minuten Vorsprung. Ich wusste ja, wo ich hinmusste.«

»Und die Waffe?«

»Ist im Mantel …«

»Wo?«

»An der Garderobe.«

»Woher hatten Sie die?«

»Peter besaß auch einige Pistolen … Er gab sich gern kernig, aber er war ein ziemlich ängstlicher Mensch. Die Parabellum, die ich benutzt habe, war angeblich ein Sammlerstück. Er pflegte sie in seinem Schreibtisch aufzubewahren. Er glaubte, ich wüsste das nicht …«

Ihre Zigarettenasche fiel auf den Boden. Es schien sie nicht weiter zu stören.

»Geladen?«

»Natürlich«, lachte sie in traurigem Spott. »Was dachten Sie …«

Stedefreund dachte, dass er keine Ahnung von deutschen Akademikerhaushalten hatte. Theoretisch war Humberth dazu verpflichtet gewesen, seine Waffen verschlossen zu halten.

Er ließ ihr die Zeit, das Glas auszutrinken. Die Pistole steckte noch in ihrer Manteltasche. Sie war wirklich antik. Eine deutsche Offizierspistole aus dem Ersten Weltkrieg, genannt Pi 08, entwickelt von Georg Luger.

***

Inga sah sich Sandras Abschiedsvideo an. Die Nachricht an ihren Sohn. Der Bildschirm war erfüllt von Sandras Gesicht, ihren Augen, ihrem Kampf mit den Tränen.

»Es tut mir nur so leid … dass ich dich so hab gehen lassen. Dass ich nicht die Kraft hatte, auch dich so zu lieben, wie du es verdient hättest. Da war so viel Liebe in mir, so viel Liebe … aber … das hat nicht gereicht, Daniel. Es hat einfach nicht gereicht für uns beide. Ich hoffe so, dass du mir verzeihst, mein Junge. Ich hoffe das so sehr …«

Inga biss sich auf die Lippen. Ihr Telefon klingelte. Sie stoppte das Band und nahm widerwillig ab.

»Lürsen …«

Stedefreund war dran. Er berichtete ihr von Katja Humberths Festnahme und ihrem Geständnis. Sie bedankte sich und legte nachdenklich auf. In dem Moment kam Karlsen in ihr Büro. Er war außer Atem und verzog gequält das Gesicht.

»Es gibt ein Problem. Daniel soll Reinhardts Tochter irgendwo festhalten.«

»Wie bitte? Der sitzt doch noch! Wer von euch hat denn die Staatsanwaltschaft verständigt?«

»Keiner …«

»Aber?«

»Reinhardt hat ihn persönlich vor zwanzig Minuten aus der Zelle geholt …«

»Er weiß noch gar nicht, dass Daniel entlastet ist?«

Karlsen schüttelte den Kopf.

»Oh Gott! Dann weiß es der Junge auch nicht!« Inga schnappte sich die Videokassette, sprang auf und war schon auf dem Weg in den Einsatzraum.

»Reinhardts Wagen fehlt«, hechelte Karlsen. »Sieht aus, als wären sie damit unterwegs.«

»Was ist mit seinem Handy? Könnt ihr das orten?«

»Sind am Ball …«

Vierzig Sekunden später beugten sie sich zu dritt über einen Monitor. Auf einem Bremer Stadtplan bewegte sich ein roter Punkt von der Weser kommend Richtung Zentrum.

»Da ist er«, sagte Karlsen. »Er fährt zum Justizgebäude.«

Inga wollte sofort hin. Sie drückte ihm die Kassette in die Hand. »Könnt ihr das auf mein Handy spielen? Versuch's, ja? ... Und sag Stedefreund Bescheid, wir treffen uns vor Ort.«

Sie hetzte hinaus.

***

Reinhardt fuhr. Daniel saß neben ihm. Sie schwiegen. Das Handy machte Geräusche. Reinhardt nahm ab.

»Moment ...« Daniel riss ihm das Telefon aus der Hand und drückte den Anruf weg.

»Links ...«

Reinhardt gehorchte. Er ahnte, wohin die Reise ging, er kannte die Route. Sie bewegten sich durch das Herz der Stadt und waren jetzt fast auf dem Markt, keine zwei Steinwürfe mehr von seinem Arbeitsplatz entfernt. Dem Ort, wo alles angefangen hatte. Vorgestern. Oder vor Monaten? Nur ein kleines Stück noch. Er hielt direkt an der Treppe.

»Los!« Daniel sprang aus dem Wagen.

Reinhardt stieg auch aus. Seine Knie zitterten. Er ahnte, was ihn gleich erwartete. Trotzdem folgte er Daniels suchendem Blick. Richtung Dach. Erst sah er nichts. Doch dann, direkt vor der Wetterfahne des dahinterliegenden Turms, konnte er zwei Gestalten ausmachen. Sie guckten zu ihnen herunter. Eine junge Frau und ein kleines Kind. Die Frau hielt das Kind fest. Es war Tanja. Sie rief nach ihm. Ein helles, dünnes Stimmchen.

»Papa!«

Reinhardt sah zu Daniel. Der wandte den Blick ab. Er schien zu frösteln, zog die Schultern hoch und vergrub die Hände in den Hosentaschen.

»Du mieses Schwein, du!«

Aber er wartete keine Reaktion ab, sondern rannte mit fliegenden Mantelschößen die Stufen hoch ins Gebäude. Daniel folgte ihm.

***

Inga jagte durch die Innenstadt. Sie hasste es, unter Stress Auto fahren zu müssen. Lieber überließ sie das Stedefreund. Der schien Spaß daran zu haben, mit Blaulicht durch dichten Verkehr zu rasen und regelwidrig gegen Einbahnstraßen und über Bürgersteige zu kurven.

Sie betete stumm. Hoffentlich behielt Daniel die Nerven und drehte nicht durch. Der Junge wusste schließlich noch nicht, dass er entlastet war. Er glaubte, unter Mordverdacht zu stehen, und hielt die gesamte Justiz für korrupt. Personifiziert durch Staatsanwalt Reinhardt.

Reinhardt war der Mann, der dafür gesorgt hatte, dass seine Mutter in die Fänge von Professor Peter Humberth geraten war. Reinhardt hatte dessen falsches Gutachten gedeckt und geholfen, seine Mutter in die Psychiatrie zu sperren, hatte Nachforschungen gegen 2wave unterdrückt, hatte Sandra ihrer Freiheit beraubt und sie anschließend vor laufenden Kameras öffentlich zur Wahnsinnigen gestempelt. Daniel hatte wenig Grund, ihn zu schonen. Im Gegenteil. Er hatte allen Grund, ihm, ihr und dem ganzen Rechtssystem nun nicht mehr zu trauen und das, was er für Gerechtigkeit hielt, in die eigene Hand zu nehmen.

Hoffentlich schaffte es Karlsen, Sandras Video auf ihr Handy zu überspielen. Gib, dass es klappt, dachte sie. Dass ich die Nachricht der Mutter an den Sohn weitergeben kann. Rechtzeitig. Sonst baut der Junge auf den letzten Drücker noch Scheiße. Bitte! Bevor das Leben von noch mehr Menschen kaputtgeht. Nicht nur das von Daniel. Auch das von Reinhardts Tochter.

Wie alt war die Kleine überhaupt? Sieben oder schon acht? Reinhardt hatte ihr mal ein Foto gezeigt. Ein schüchtern lächelndes Mädchen mit Rehaugen und einem Zopf, einem ähnlich langen Zopf, wie ihn Helen als Kind getragen hatte. Helens Augen waren auch braun, und obwohl sie inzwischen fünfundzwanzig war, erinnerte sich Inga noch an ihre Einschulung. Als wäre das vorgestern gewesen. Kinder hörten für Eltern eben nie auf, Kinder zu sein.

Ihr Telefon sirrte. Sie aktivierte die Freisprechanlage. Es war Stedefreund.

»Stedefreund, ich bin gleich da.«

»Warte auf mich«, beschwor er sie. »Auf jeden Fall, ja? Ich komm gleich.«

»Okay.«

***

Der Wind auf dem Dach biss ins Gesicht. Julia fror. Sie fragte sich, ob es wirklich so eine brillante Idee von ihr gewesen war, den Staatsanwalt auf solche Weise zu einem Geständnis zu zwingen. Hier, an diesem Ort. Mit seiner kleinen Tochter als Geisel. Was, wenn er abdrehte und verrücktspielte? Bis eben hatte ihr die Kleine noch getraut. Es war für sie nur ein spannendes Spiel gewesen. Julia hatte ihr die Entführung als lustigen Ausflug auf die

Dächer Bremens verkaufen können. Aber mittlerweile spürte das Kind ihre Angst und ihre wachsende Unsicherheit. Tanja begann zu quengeln. Sie wollte nach Hause. Und dieses Gequengel überforderte Julia momentan völlig. Sie hatte mit allem Möglichen gerechnet, aber nicht damit, dass ihr das nörgelnde Betteln der verstörten Tanja derartig auf die Nerven gehen würde.

»Ich bin gut mit Kindern«, hatte sie zu Daniel gesagt. »Mach dir keine Sorgen.« Nun ertappte sie sich dabei, wie sie Tanja am Arm riss und ihr zuzischte: »Jetzt halt endlich die Klappe!«

Die Unterlippe der Kleinen stülpte sich vor und bildete eine Schippe. Sie fing an zu plärren.

»Tut mir leid!«, stöhnte Julia angestrengt. »War nicht so gemeint. Dein Papa ist gleich hier.«

»Du bist gar nicht lieb.«

Julia fand sich auch nicht lieb. Aber sie war nervös und musste schon seit längerer Zeit pinkeln und hatte ein saublödes Gefühl im Bauch. Da tauchte Reinhardts Schopf auf. Das Gesicht verzerrt, die Haare quer im Wind, kam der Staatsanwalt aufs Dach geklettert. Er wirkte völlig außer sich und stierte sie wie ein Irrer an. Hinter ihm erschien Daniel. Genauso erregt und panisch.

Auweia, dachte Julia bloß und klammerte sich an Tanja fest, die strampelnd die Ärmchen ausstreckte und laut »Papa, Papa« rief.

»Tanja!«, brüllte Reinhardt.

»Halt, halt, halt!« Daniel packte Reinhardt von hinten, als der auf seine Tochter zuwollte.

»Gehen Sie von der Kante weg!« Reinhardts Stimme überschlug sich. Julia erschrak, als der Staatsanwalt sie so unbeherrscht anschrie. Er wedelte mit den Armen, doch Daniel hielt ihn am Kragen. Die beiden rangen miteinander und stürzten auf eine der Querschrägen des Daches. Daniel zerrte Reinhardt hoch.

»Weitergehen. LOS!«

Er stieß ihn in Richtung Dachrand. Reinhardt wehrte sich, aber war abgelenkt durch seine Tochter.

»Papa!«

»Von der Kante weg!«

Reinhardts Augen, seine Stimme, sein verzerrter Mund. Das war nicht mehr der elegante Staatsanwalt in Kaschmir, der über den Dingen stand, der souverän die Fehltritte und Irrtümer im Leben anderer aufzählte, Fehltritte und Irrtümer, gegen die einer wie er gefeit war. Das war nur noch ein kreischendes, entsetztes Vatertier.

»Und?«, schrie Daniel. »Angst! Hast du Angst?«

Er schubste Reinhardt an den Dachrand. Dann standen sie da, schwankend, ringend, in der Kälte und im Wind, Auge in Auge, hoch oben über dem Platz.

»Und jetzt?«, brüllte Reinhardt mit dem Mut der Verzweiflung. »Soll ich springen, oder was?

Daniel stieß ihn auf die Schräge. »Hier stand meine Mutter. Sie haben sie so weit gebracht. Sie und all die anderen! Sie sind schuld, dass sie gesprungen ist.«

»Das ist doch nicht wahr!«

»Schnauze! Ich will, dass Sie telefonieren.« Daniel presste Reinhardt gegen das Dach und fischte dessen Handy aus der Tasche. »Los! Telefonieren Sie!«

»Nimm die Hände weg!«

»Rufen Sie die Presse an und sagen Sie, was wirklich abgegangen ist. Los! Ich will, dass Sie telefonieren und die Wahrheit sagen! Dann wird Ihrer Tochter nichts passieren.«

Er hielt Reinhardt den Hörer hin.

Inga hatte Reinhardts silbergrauen BMW erkannt und direkt dahinter gehalten. Im Aussteigen sah sie die ringenden Gestalten auf dem Dach. Fast das gleiche Bild wie vor zwei Tagen. Ein böses Déjà-vu.

Sie war zu spät. Die Katastrophe war nicht mehr aufzuhalten. Sie nahm ihren Lauf wie eine Welle und spülte alles fort, was da eben noch an Hoffnung in ihr aufgekeimt war. Doch während sie das dachte, rannte sie schon, und diesmal hatte sie Glück, und die Aufzugtür stand offen. Es dauerte keine zwanzig Sekunden, da spürte sie das Dachblech unter ihren Sohlen, registrierte vage den Schatten der Doppeltürme des Doms rechts hinter sich, das Rostrot der Dächer, die schlanken Konturen von Unseren lieben Frauen, die Fassade des alten Rathauses.

Und mittendrin, mitten in diesem Ozean von Vertrautheit, den Jungen, der über Reinhardt gebeugt war.

»Daniel!«, rief sie. »Lassen Sie das Mädchen gehen!«

Daniel sah auf, offensichtlich verwirrt, sie hier zu sehen. Er ließ Reinhardt los.

»Bleiben Sie, wo Sie sind.«

Doch sie kam näher. Daniel trat ihr einen Schritt entgegen.

Reinhardt rappelte sich hoch und versuchte über die Dachschräge zu seiner Tochter zu kriechen. Aber die Schräge war glatt, und er rutschte ab.

»Hiergeblieben!«, brüllte Daniel und riss ihn zurück. »Hier-ge-blie-ben!«

Das Kind kreischte. Julia rief verzweifelt: »Daniel, Daniel! Das macht doch alles keinen Sinn mehr!«

»Telefonieren Sie jetzt!«

Reinhardt lag wieder auf dem Rücken. Daniel hielt ihm das Handy hin. Reinhardt nahm es, glotzte ihn an, schien eine halbe Sekunde zu zögern und ließ es dann über die Dachkante fallen. Einfach so.

Es segelte hinunter und zerschellte.

»Daniel!«

Eine kleine Ewigkeit lang starrte Daniel dem Telefon hinterher. Da lagen all seine Hoffnungen. Zerplatzt und geborsten. Vernichtet. So vernichtet wie seine Mutter.

Inga holte ihr Handy heraus, erwog, es ihm zu geben. Vielleicht hielt ihn das davon ab, komplett auszurasten. Da ertönte plötzlich ein Signal. Sandras Videobotschaft war überspielt. Sie streckte den Arm aus und ging vorsichtig auf ihn zu.

»Hier, ein Anruf für Sie ... Ihre Mutter.«

»Schwachsinn!«

»Doch, doch, das ist eine Nachricht für Sie!«

Aber er glaubte ihr nicht. Erst da bemerkte er, wie Julia das Kind vom Dachrand fortzog.

»Scheiße!«, brüllte er ihr zu. »Scheiße, bleib hier!«

Julia flehte angstverzerrt: »Hör auf!«

»Scheiße, komm her!« Daniel fiel über Reinhardt her. »Ich bring dich um!«

Inga sah, wie er den entsetzen Mann hochgehoben hatte. Julias Schrei bohrte sich in ihr Ohr. Es war ein lang gezogenes, ohnmächtig verzweifeltes: »Nein!«

All ihr Leid liegt darin, dachte Inga. All das künftige Leid. All dieses unnötige, fürchterliche Leid!

Im Gegensatz zu Peter Humberth mochte Inga keine Waffen. Sie hatte sie noch nie gemocht. Aber sie verstand damit umzugehen und war eine Naturbegabung. Auf dem Schießstand, den sie weit seltener besuchte als manch männliche Kollegen, traf sie regelmäßig ins Schwarze. Ohne Ehrgeiz und Übung.

Diese Ironie rettete Reinhardt das Leben.

Ihre Kugel traf Daniel ins rechte Bein. Er ließ den Staatsanwalt los, knickte seitlich weg und fiel. Julia schrie auf. Aber Daniel stürzte nicht vom Dach. Er fiel nur aufs Blech. Dort wand er sich brüllend, während Reinhardt über die Schräge hinweg zu seiner Tochter robbte.

Stedefreund kam aufs Dach gehetzt, erfasste die Situation mit einem Blick und rief einen Notarztwagen.

Inga ging zu Daniel und hielt ihm ihr Handy hin. »Hier, ich hab Sie nicht angelogen!«

Daniel erkannte das Gesicht seiner Mutter auf dem Display. Er griff stöhnend nach dem Telefon. Julia drängte sich an ihr vorbei und kniete sich neben ihn.

Doch nicht wie bei Shakespeare, dachte Inga. Zumindest leben sie und lieben sich noch. Sie wandte sich ab und ließ die beiden allein.

Reinhardt stand ein paar Schritte weiter. Er hielt seine Tochter auf dem Arm und wirkte wie einer, der gerade begreift, wie knapp er seinem Schicksal eben noch entronnen ist, und dem parallel zu dämmern beginnt, dass von nun an nichts mehr so sein wird, wie es mal war. Weil trotzdem zu viel zerstört ist. Er wich ihrem Blick aus.

»Du hast gewusst, dass das Gutachten falsch war.«

Reinhardt verbarg sein Gesicht in den Haaren seiner Tochter, als schäme er sich, doch dann versteinerte sein Ausdruck, und er ging wortlos an Inga vorbei zur Treppe. Sie blickte ihm nach und dachte daran, wie sie ihn kennengelernt hatte. Wie sympathisch kollegial er stets gewesen war. Daran, dass sie ihn immer für absolut integer gehalten hatte. Gestern hatte er ihr noch gesagt, er sei ihr Freund. Sie duzte ihn. Allerdings duzte sie die arrogante Pathologin, die er zum Lügen angestiftet hatte, auch.

Ich sollte mich beim Duzen mehr vorsehen, dachte Inga.

Daniel lag ganz ruhig. Als habe er plötzlich keine Schmerzen mehr, obwohl das Bein ihm höllisch wehtun musste. Julia hatte sich neben ihn gehockt, ihm die Arme um den Hals gelegt und streichelte seine Wange. Gemeinsam starrten sie auf das Handy. Daniels Gesicht war nass. Auch Julia weinte. Aber das sah aus wie gute Tränen, fand Inga. Heilsame Tränen. Tränen, die hoffentlich halfen, das Gift und den Hass fortzuwaschen.

Der Ärger war noch nicht vorbei für Daniel. Die Sache würde ein übles Nachspiel für ihn haben. Er musste sich für den Raub ihrer Waffe verantworten. Hinzu kamen Nötigung, schwere Körperverletzung und Anstiftung zur Kindesentführung. Das war nicht von Pappe. Aber er hatte noch nie vor Gericht gestanden und angesichts der Vorgeschichte beste Aussichten auf mildernde Umstände. Wenn irgendwer auf so etwas wie durch extreme Umstände bedingte vorübergehende Unzurechnungsfähigkeit plädieren konnte, dann Daniel. Außerdem war kaum anzunehmen, dass die Bremer Justiz gesteigerten Wert darauf legte, ihre eigene wenig rühmliche Rolle vor der Öffentlichkeit detailliert auszuwalzen. Reinhardt und seine Dienstherren waren gut beraten, Milde zu zeigen und eine ganze Reihe potenzieller Anklagepunkte wegfallen zu lassen. Zumal der Junge erst neunzehn war. Seine Chancen, mit einem blauen Auge davonzukommen, standen also wiederum auch nicht ganz schlecht.

Doch falls Reinhardt sich tatsächlich nicht entblödete, ihn wie einen echten Verbrecher zu behandeln, würde sie persönlich dafür sorgen, dass sämtliche Verstrickungen auf den Tisch kamen. Das schwor sie sich.

***

Als Inga und Stedefreund einige Stunden später die Treppe im Polizeipräsidium herunterkamen, bekamen sie mit, wie Rüdiger Bosbach sich gerade von dem jovial grinsenden glatzköpfigen Oberstaatsanwalt verabschiedete und mit raschen Schritten das Gebäude verließ.

Sekunden später konfrontierte Inga den Oberstaatsanwalt entgeistert: »Sie lassen ihn gehen?«

»Ja, natürlich«, erwiderte der smarte Geierkopf gelassen. »Wir haben die Mörderin.«

Er wollte sich abwenden.

»Es liegt ein Verdacht der Körperverletzung im Fall Sandra Vegener gegen ihn vor«, protestierte Stedefreund irritiert.

»Sie haben Beweise gegen Rainer Gembel, nicht gegen Bosbach, oder?«

»Wir werden Beweise erbringen«, sagte Inga.

»Gut.« Der Oberstaatsanwalt wedelte lässig mit seinem Mobiltelefon. »Dann werde ich handeln.«

Er drehte sich um und ging. Die gläserne Tür schwang hinter ihm zu. Inga und Stedefreund setzten ihm nach.

»Wieso denn Sie?«, rief Inga. »Das ist der Fall von Staatsanwalt Reinhardt.«

Der Oberstaatsanwalt gönnte ihr eine kurze Kehrtwende und den Anflug eines maliziösen Lächelns. »Sehen Sie, die unbestreitbaren Fähigkeiten von Staatsanwalt Reinhardt werden von nun an anderweitig verwendet werden.«

Er deutete die Karikatur eines Dieners an, ließ beide mit offenen Mündern stehen und zeigte ihnen die Rückansicht seines haarlosen Hauptes. Während er im Abgehen seinen Kragen hochschlug und das Handy ans Ohr setzte, parkte Stedefreund kopfschüttelnd seine Hände in den Hüften.

»Verkehrsdelikte …« Das war seine Chiffre für das karrieretechnische Wachkoma, das den abgesägten Staatsanwalt nun erwartete. Er sah Inga an. »Und? Schon gekündigt?«

»Kann ich doch nicht«, sagte sie. »Was willst denn du ohne mich machen?«

»Soll ich dir mal aufzählen, was ich alles ohne dich machen würde?«

»Rasieren?«

Er drehte sich zur Seite und musste laut niesen.

»Oder auskurieren, vielleicht?«

»Ja. Das mach ich.« Er nickte und ging.

Inga sah ihm nach. »Schönes Dampfbad!«

»Ja«, im Gehen drehte er sich noch einmal halb um, »Kamillentee«, winkte ihr zu und musste schon wieder niesen.

Sie blickte ihm lächelnd nach. Dann sah sie in den Himmel. Es dämmerte bereits.

***

Bosbach war inzwischen ein gutes Stück weiter. Er zündete sich eine Zigarette an, sah sich dann prüfend um und setzte seinen Weg fort.

Trotzdem bekam er nicht mit, wie sich ein dunkelblauer SUV aus einer Parklücke löste und langsam hinter ihm herzurollen begann. Er hörte auch nicht, wie der Fahrer sein Handy betätigte. Aber er hätte sich vermutlich denken können, was der Mann da sagte. Immerhin hatte er den gleichen Satz so oder ähnlich oft genug selbst bemüht: »Dr. Gaffinger? Er ist jetzt vor mir, ich folge ihm …«

Inga blickte ins Blau der Dämmerung. Für einen Moment war ihr, als sähe sie wieder den Vogel, der gestern über ihr gekreist war. Sie atmete tief durch.

Dass der Oberstaatsanwalt Reinhardt so rasch aufs Abstellgleis schob, verhieß nichts Gutes. Offenbar bekamen da momentan noch eine ganze Reihe andere Leute kalte Füße.

Das Entlassen Bosbachs grenzte an Strafvereitelung im Amt. Bosbach war in Gembels Autounfall verwickelt, diesen Unfall, der mit aller Wahrscheinlichkeit Mord gewesen war. Ihn jetzt auf freien Fuß zu setzen erlaubte ihm, seine Spuren zu verwischen und sich abzusetzen. Aber es bestätigte, was Bosbach während des Verhörs hatte durchblicken lassen. Sein kleines, böses Grinsen, als sie ihm mit ihren guten Verbindungen zur Staatsanwaltschaft zu drohen versucht hatte. »Woher wollen Sie wissen, dass meine nicht besser sind?«

Nun wusste sie es, und ihr wurde ganz schlecht dabei. Zumal es da auch noch eine andere Variante gab, eine, die Bosbach selbst möglicherweise gar nicht in Betracht zog. Bosbachs Entlassung gab seinen Auftraggebern die Gelegenheit, ihn genauso elegant loszuwerden wie Rainer Gembel, und damit riss die Kette dann ab.

Der Oberstaatsanwalt sabotierte die Ermittlung, das war klar. Aber handelte er auf Weisung von oben? Wenn ja, wie weit nach oben ging das? Wer zog da die Strippen? Bremen war nicht Palermo, doch Korruption hatte viele Gesichter.

In einer ihrer Videonotizen vom letzten Sommer hatte Sandra Vegener sich selbst gefilmt. Im Unterhemd. Vor einem großen Spiegel. Ihre Haut war gerötet und wies Verbrennungen auf.

»15. Juni. Wieder Sonnenbrand … am ganzen Körper.

Die Haut juckt überall und pellt sich. Obwohl ich gar nicht draußen war ...«

Inga sehnte sich noch immer nach ihrem Schaumbad und einem Glas Valpolicella. Sie wollte das alles vergessen und endlich Feierabend machen. Doch ihr war im selben Moment klar, dass der Wein und das Entspannungsbad noch immer eine Weile auf sie warten mussten. Denn entweder sie kündigte wirklich, oder sie machte ihren Job, und wenn sie den Job ernst nahm, gehörte sie jetzt ins Büro. Weil die Sache noch nicht vorbei war. Sondern gerade erst anfing. Trotz und wegen des Oberstaatsanwalts.

Inga seufzte stumm, drehte sich um und ging langsam zurück. Ins Büro. Kündigen konnte sie morgen immer noch.

Das Erste

BR

Martin Schüller
A GMAHDE WIESN
Nach dem Tatort-Krimi von
Friedrich Ani
Begleitbuch zur gleichnamigen
ARD-Serie »Tatort«
Agentur: WDR mediagroup
licensing GmbH
Broschur, 160 Seiten
ISBN 978-3-89705-664-0

Kampf um die besten Wiesnplätze

München kurz vor Beginn des Oktoberfestes: Der Stadtrat, der bei der Vergabe der Wiesn-Lizenzen das letzte Wort spricht, wird ermordet. Während die Kommissare Batic und Leitmayr eine stattliche Liste von Geliebten des Toten abklappern, kämpfen die Wirte um die besten Plätze auf der Theresienwiese.

Das Erste

mdr

Oliver G. Wachlin
TODESSTRAFE
Nach dem Tatort-Krimi von
Mario Giordano und
Andreas Schlüter
Begleitbuch zur gleichnamigen
ARD-Serie »Tatort«
Agentur: WDR mediagroup
licensing GmbH
Broschur, 176 Seiten
ISBN 978-3-89705-665-7

Hysterie und Selbstjustiz in Leipzig

Zeit für Privates bleibt Eva Saalfeld und ihrem Exmann Andreas Keppler bei ihrem Wiedersehen in Leipzig nicht. Es gilt, den Mord an einem angeblichen Kinderschänder aufzuklären. Saalfeld und Keppler suchen die Antwort auf die Frage nach moralischer Schuld – und müssen erkennen, dass alles anders ist, als es scheint.

Das Erste

SR

Martin Conrath
AUS DER TRAUM ...
Nach dem Tatort-Krimi von Fred und Léonie-Claire Breinersdorfer
Begleitbuch zur gleichnamigen ARD-Serie »Tatort«
Agentur: WDR mediagroup licensing GmbH
Broschur, 176 Seiten
ISBN 978-3-89705-661-9

Ein Bayer ermittelt im Saarland

Franz Kappl, der neue Kommissar der Kripo Saarbrücken, muss gleich bei seinem ersten Fall beweisen, was in ihm steckt. Eine Kollegin wurde übel zugerichtet tot aufgefunden. Aber plötzlich erscheint das unschuldige Mordopfer in einem ganz anderen Licht.

Das Erste

WDR

Martin Schüller
DIE BLUME DES BÖSEN
Nach dem Tatort-Krimi von Thomas Stiller
Begleitbuch zur gleichnamigen ARD-Serie »Tatort«
Agentur: WDR mediagroup licensing GmbH
Broschur, 160 Seiten
ISBN 978-3-89705-658-9

Jagd auf Ballauf

Kommissar Max Ballauf wird übel mitgespielt: Ein anonymer Anrufer terrorisiert ihn, und eine junge Frau, mit der er vor Jahren einen One-Night-Stand hatte, wird tot aufgefunden. Und aus einer alten Rechnung wird ein tödliches Spiel …

Das Erste

rbb
RUNDFUNK BERLIN-BRANDENBURG

Oliver G. Wachlin
BLINDER GLAUBE
Nach dem Tatort-Krimi von
Andreas Pflüger
Begleitbuch zur gleichnamigen
ARD-Serie »Tatort«
Agentur: WDR mediagroup
licensing GmbH
Broschur, 160 Seiten
ISBN 978-3-89705-660-2

Heilung um jeden Preis

Ein brandneuer medizinischer Chip soll Blinde wieder sehen lassen. Doch kurz vor der bahnbrechenden Operation wird die Chefärztin der Berliner Uni-Augenklinik ermordet. Ritter und Stark geraten in einen Sumpf privater und beruflicher Verwicklungen in der Klinik, der sie für die verblüffende Lösung am Ende fast blind macht.